I0529636

The Independent Bookworm

## Über das Buch

Es war einmal in einer Welt, in der Magie und Technik mit unerwarteten Konsequenzen aufeinander treffen …

Als Mechanikerin schwebt Tessa in Lebensgefahr, seit der neue König jede Form von Technik verboten hat. Niemand kennt den wahren Grund für dieses Gesetz. Doch als Tessa eine Hütte im Wald entdeckt, in der offensichtlich ein Verfluchter sein Dasein fristet, gerät sie in eine Verschwörung, die nicht nur das Königreich zerstören könnte, sondern auch ihre Familie.

Was wäre, wenn die Brüder Grimm den Fluch, der auf der „Hütte im Wald" liegt, unterschätzt hätten?

## Über die Autorin

Katharina Gerlach hat seit ihrer Geburt den Kopf in den Wolken und lebte mit drei jüngeren Brüdern mitten in einem Wald im Herzen der Lüneburger Heide. Schon früh verschwand sie tagelang in magischen Abenteuern, vergangenen Zeiten oder unheimlichen Märchenwäldern, denn auch junge Wilde lernen irgendwann Lesen.

Auf die Erde kehrte sie nie lange zurück, obwohl es ihr gelang, eine Lehre zur Landschaftsgärtnerin erfolgreich abzuschließen, Forstwissenschaften zu studieren und sogar einen Dr. rer. nat. zu erhalten. Eines Tages wurde ihr klar, dass sie schreiben muss, wenn ihr Traum, ihre Geschichten zu teilen, wahr werden sollte. Ihr erster Roman war eine Katastrophe und wird nie das Licht der Welt erblicken. Doch sie lernte dazu, und nun verkaufen sich ihre Geschichten sogar. Katharina schreibt am liebsten Fantasy, Science Fiction und Historische Romane für alle Altersgruppen.

Zurzeit arbeitet sie an ihrem nächsten Projekt in einem Häuschen nicht weit von Hildesheim, wo sie mit ihrem Mann, drei Kindern und einem Hund lebt (sie halten sie lange genug auf dem Boden der Tatsachen, dass sie nicht auf Flügeln der Phantasie entschwindet).

Mehr Informationen:     http://de.KatharinaGerlach.com

# DIE WALDHÜTTE
## DIE HÜTTE IM WALD
### SCHÄTZE NEU ERZÄHLT 4

# Katharina Gerlach

**Die Waldhütte,** Schätze Neu Erzählt 4
erschienen im Independent Bookworm Verlag, USA und D
Dieses Buch ist auch als eBook erhältlich. Es ist auf Deutsch und auf
Englisch erschienen.

printed On-Demand Publishing LLC, 100 Enterprise Way, Suite A200,
Scotts Valley, CA 95066, USA, www.createspace.com

ISBN-13 978-3-95681-040-4

Weitere Information finden Sie auf der Verlagswebsite:
http://www.IndependentBookworm.de

*Für meine Familie. Ohne Euch hätte ich es nicht geschafft.*

 Qindie steht für qualitativ
hochwertige Indie Bücher
www.qindie.de

# INHALTSVERZEICHNIS

## DIE WALDHÜTTE

Tessa legte den Hammer beiseite, schob das Stück Metall, das sie mit ihrer Zange festhielt, zurück in die glühenden Kohlen, und zog erneut an dem Seil, das den Blasebalg in Bewegung setzte. Warum musste ihr Vater so dickköpfig sein? Da es wichtig war, die richtige Temperatur zu halten, sprach sie, ohne ihn anzusehen.

„Wir könnten einen Graben ziehen und Wasser aus dem Fluss umleiten, so wie es der Müller tut."

„Was ist falsch an dem, was wir haben?" Er wischte sich die Hände an dem schmierigen Stofffetzen ab, den er benutzt hatte, um einen Pflug zu ölen. „Ich habe es mein ganzes Leben so gemacht, mein Vater auch und mein Großvater vor ihm ebenfalls."

„Was ist falsch daran, sich die Arbeit zu erleichtern?", schoss sie zurück. Die Temperatur des Feuers stimmte. Das erkannte sie an den bläulichen Flammen, die um die weißglühenden Kohlen tanzten, also drehte sie sich ein Stück zu ihm um. „Mit einem mechanischen Hammer würden wir die gleiche Menge Arbeit in kürzerer Zeit schaffen. Das wäre für deinen Rücken sehr hilfreich."

„Ich habe nein gesagt und damit basta." Er trug den Pflug zu einem Tisch vor der Schmiede, wo ihn der Bauer im Laufe des Tages abholen konnte.

Tessa seufzte und zog das Stück Metall aus dem Feuer, das einmal ein Hufeisen werden sollte. Während sie mit einem mittelschweren Hammer darauf schlug, atmete sie den beruhigenden Duft der Funken ein, die auf ihrer Lederschürze ausbrannten. Mit ihrem Vater über mögliche Verbesserungen der Schmiede zu reden fühlte sich an, als würde sie mit dem Kopf voran gegen eine Wand rennen. Warum begriff er ihre Gründe nicht? Das Leben könnte ein ganzes Stück einfacher sein, wenn sie wenigstens einige ihrer Ideen umsetzen könnte.

„Was ist das hier?" Er kam mit einem kleinen Holzkasten im Arm zurück und ließ ihn mit missbilligendem Gesichtsausdruck auf die Werkbank fallen.

Tessa schob das Eisen noch einmal ins Feuer und nahm eine ihrer Erfindungen aus dem Karton. Zwei tropfenförmige Drahtgestelle endeten in einem kleinen Knoten aus Zahnrädern mit einem Griff.

„Das sind mechanische Schneebesen. Sie bewegen sich viel schneller, als ein Mensch einen normalen Schneebesen bewegen kann. Siehst du?" Sie drehte an dem Griff, und die tropfenförmigen Drahtgebilde drehten sich mit irrwitziger Geschwindigkeit um sich selbst.

Ihr Vater runzelte die Stirn.

„Warum machst du so etwas? Du verschwendest wertvolle Materialien für einen Haufen Unsinn."

„Geräte wie dieses werden das Leben für viele Frauen und Köche in unserem Land leichter machen." Tessa hätte ihn am liebsten gezwungen, sie endlich zu verstehen. „Es hat sich so vieles verändert, Vater. Du hättest all die Dinge sehen sollen, die Meister Budde gebaut hat. Der Mechanik gehört die Zukunft. Ich habe sogar über einen Schneebesen nachgedacht, der mit Dampf angetrieben wird, aber das wäre zu unhandlich."

„Mechanik … pah! Das ist wider die natürliche Ordnung. Hätte ich mich bloß nicht von deiner Mutter überreden lassen, dich von diesem idiotischen Städter ausbilden zu lassen." Er schubste die Kiste, und sie kippte beinahe um. Tessa schnappte sie gerade noch rechtzeitig. „Ich will, dass du sie einschmilzt."

„Niemals." Tessa ballte die Hände zu Fäusten. „Es ist dumm, alles abzulehnen, was uns das Leben erleichtern kann. Ich werde dir beweisen, dass ich hiermit weder Zeit noch Material verschwendet habe."

„So redest du nicht mit deinem Vater!" Seine Augen blitzten sie an. „Der Baron hat siebzehn neue Schwerter bestellt. Dafür brauchen wir jedes bisschen Eisen, das wir haben."

„Meine Schneebesen bekommst du nicht. Morgen ist Markt in der Stadt, und da werde ich sie verkaufen", schrie Tessa.

Ihr Vater antwortete in der gleichen Lautstärke. „Wenn du nicht mindestens so viel Eisen mit nach Hause bringst, wie dieser Quatsch wiegt, werde ich persönlich deine dämliche Kutsche auseinander nehmen und einschmelzen."

Tessa schnappte nach Luft. Die dampfbetriebene Kutsche, von den Leuten in der Stadt Dampfwagen genannt, war ihre Bezahlung für drei Jahre harte Arbeit gewesen. Ihr fehlten die Worte, also drehte sie sich wieder zur Esse um. Die Kohlen glühten kaum noch, also setzte sie erneut den Blasebalg in Bewegung.

Tessa verließ das Haus kurz nach Mitternacht. Es hatte den größten Teil einer Stunde gedauert, die Dampfmaschine des Wagens so vorsichtig anzuheizen, dass sie keine Risse bekam. Jetzt war Tessa abfahrbereit. Wenn sie sich etwas beeilte, würde sie ankommen, wenn der Markt eröffnet wurde. Selbst mit dem Dampfwagen würde es mehrere Stunden dauern, die Hauptstadt des Königreichs zu erreichen. Die Straßen, durch Fahrspuren und Schlaglöchern holprig geworden, erschwerten das Reisen. *Ich sollte mal eine Maschine mit einer dicken Walze erfinden, mit der man*

*sie wieder glätten kann*, dachte sie, als sie auf den Fahrersitz ihers Wagens kletterte und ihre Schutzbrille zurecht rückte. *Es würde das Reisen so viel leichter machen.*

„Teresa, warte." Ihre Mutter huschte durch die Dunkelheit mit einem Bündel in der Hand. „Ich habe dir etwas zum Essen eingepackt."

„Danke." Tessa beugte sich aus dem Dampfwagen und umarmte ihre Mutter.

„Übrigens, ich liebe deinen Schneebesen", flüsterte die Mutter ihr ins Ohr. „Ich glaube es wird bei allen Frauen im Königreich sehr gut ankommen. Aber lass deinen Vater nicht wissen, dass ich das gesagt habe."

Tessa grinste und küsste die Wange ihrer Mutter. Während sie ihr Gefährt vom Hof fuhr, winkte sie, bis die zierliche Gestalt ihrer Mutter mit der Dunkelheit verschmolz. Tessa machte sich auf den Weg zum Wald, der das weitläufige Tal umrahmte und dunkel hinter dem Schloss des Barons aufragte. Über die Wiese hinter der Schmiede könnte sie den Wald viel schneller erreichen, aber der Dampfwagen war zu schwer, um auf dem Gras Halt zu finden. Die Straße führte durch das Dorf, das am Fuße des Schlossbergs lag. Sie durchquerte es sie in weniger als einer Minute und fuhr dann in einem großen Bogen am Schloss vorbei. Drei weitere Minuten brachten sie an den Rand des Waldes, der sich von der Baronie bis dicht an die Hauptstadt zog. Von hier aus gesehen lag die Schmiede direkt unter ihr.

Ein Schatten wuchs aus der Dunkelheit, und die bucklige Dorfhexe winkte. Ihr schwarzer Rock mit den weiten Röcken verschmolz mit ihrer Umgebung, so dass sie, abgesehen von ihrer hellen Haut, nahezu unsichtbar war.

„Gute Nacht, Frau Gringe." Tessa hielt ihren Dampfwagen an und lächelte. Die alte Frau war das einzige, was einem Dorfarzt auch nur entfernt ähnelte, und es war besser, sich mit ihr gut zu stellen.

„Fährst du in die Stadt?" Frau Gringe stützte ihr erhebliches Körpergewicht auf einen stabilen Stock.

„Ich will ein paar Kleinigkeiten verkaufen, die ich hergestellt habe. Warum? Gibt es etwas, was ich für Sie tun kann?"

„Könntest du mir ein wenig Ingwer, eine Vanilleschote und etwas Zimt mitbringen? Meine Zaubertränke schmecken mit Hilfe der Gewürze viel besser." Sie lächelte, wodurch sich die Falten in ihrem Gesicht verschoben und sie noch älter aussehen ließen als zuvor – obwohl niemand wusste, wie alt die Hexe wirklich war.

„Gewürze sind kostspielig", sagte Tessa. Sie hatte eindeutig nicht genug Geld, um zu kaufen, was Frau Gringe brauchte.

„Oh, ich habe dafür gespart." Die alte Frau zog einen Silbertaler aus dem Beutel an ihrem Gürtel. „Ich will doch nicht, dass der Hustensaft für Bauer Feldmanns Kinder bitter schmeckt. Würde es große Umstände machen, mir die Gewürze mitzubringen?"

„Aber gar nicht." Tessa nahm das Geld, sagte der Hexe Lebewohl und fuhr weiter.

Die Stunden vergingen, und Tessa erreichte die Stadttore gerade, als sie geöffnet wurden. Zum Glück war die Schlange an Leuten, die so früh am Morgen schon in die Stadt wollten, relativ kurz. Bald war sie an der Reihe.

„Ach, unsere hübsche Schmiedin ist wieder da. Hast du mich vermisst?" Einer der Wachmänner grinste sie an.

„Wie eine Brandblase an der Handinnenfläche." Sie grinste zurück. Als einzige Frau, die je zur Schmiedin ausgebildet worden war, war sie in der Stadt bekannt wie ein bunter Hund. Sie war sich sicher, dass die Wachen gewußt hatten, dass sie zum Markt kommen würde.

„Heute ist Markt", sagte sie. „Ich will ein paar Dinge verkaufen."

„In dem Fall musst du Verkaufssteuer bezahlen", meinte der zweite Wächter. „Ein Drittel des Schätzwertes, und zwar im Voraus. Du findest den Steuereintreiber beim Marktleiter."

Tessas Augenbrauen schossen in die Höhe.

„Verkaufssteuer? Wessen Idee war das denn?"

Die Wachmänner zuckten mit den Schultern, was die Sache klar machte. Seit der junge König vor mehr als drei Jahren verschwunden war, hatte sich der Prinzregent viele neue Steuern einfallen lassen. Tessa seufzte und ging in Gedanken den Inhalt ihres magersüchtigen Geldbeutels durch. Wenn der Steuereintreiber die Schneebesen nach ihrem Materialwert beurteilte, könnte er gerade eben reichen.

„Na prima. Ich werde ihn aufsuchen, bevor ich meine Waren verkaufe."

Die Wächter ließen sie durch und wendeten sich dem Nächsten zu.

Tessa manövrierte ihren Dampfwagen durch die Stadt zu Meister Buddes Schmiede. Das Haus war dunkel. Wahrscheinlich war er längst auf dem Markt. An Markttagen blieb die Schmiede immer geschlossen. Trotzdem beunruhigte es sie, dass kein Feuer in seiner Esse brannte. Sie parkte im Hof und nahm ihre Kiste mit Schneebesen mit.

Als sie das Büro des Marktleiters erreichte, reihte sie sich in die Schlange der Wartenden ein. Sie schob sich im Schneckentempo vorwärts und kämpfte innerlich gegen ihre Ungeduld. Dann ging alles schnell. Wie sie gehofft hatte, berechnete der Steuereintreiber den Wert ihrer Erfindung nach dem Materialwert mit einem großzügigen Zuschlag für ihre Arbeitszeit. Sie hatte eben genug Geld, um die Gebühren zu bezahlen. Um nicht zu meckern, presste sie die Lippen zusammen, bis sie das Büro verlassen hatte und machte sich dann auf den Weg zu der Ecke auf dem Markt, wo Meister Budde normalerweise seine Geräte feilbot.

Unterwegs kam sie an einer Bude mit Gewürzen und Kräutern vorbei. Ihr fiel der Auftrag der alten Hexe ein, also blieb sie stehen und fragte nach Ingwer, Vanille und Zimt.

Die dunkelhäutige Frau, die die Bude betreute, maß die Gewürze genau ab und füllte sie in kleine Glasgefäße. Als sie hörte, dass sie von einer Hexe bestellt worden waren, sagte sie: „Du weißt, wofür die benutzt, werden, oder?"

„Frau Gringe braucht sie, damit ihr Hustensirup nicht bitter schmeckt."

„So, hat sie das gesagt?" Die Frau lachte tief und laut. „Natürlich kann man sie dafür *auch* benutzen. Aber meistens braucht man sie für Liebestränke."

Jetzt war es an Tessa zu lachen. Niemand in ihrem Dorf würde die Hexe für einen Liebestrank bezahlen. Nicht, wenn es bei den arrangierten Ehen von vornherein klar war, dass Treue nicht unbedingt zu den Haupttugenden der Vermählten zählte. Wozu sollte Frau Gringe einen Liebestrank brauen? Tessa bezahlte mit dem Silbertaler und verstaute die Gewürze und die beiden Kupferstücke Wechselgeld in ihrem Beutel, bevor sie weiter zu Meister Buddes Stand ging.

Robert, sein neuer Lehrling, legte eben Ornamente, Figuren und kleine Maschinen aus Bronze und Eisen aus. Als er sie bemerkte, ging ein Strahlen über sein Gesicht.

„Tessa! Der Meister sagte, du würdest heute kommen, um deine Erfindung zu verkaufen. Ich dachte nur nicht..." Seine Worte verklangen, und er wischte sich die Augen.

Tessas Augenbrauen hoben sich. „Stimmt was nicht?"

„Nee, alles in Ordnung." Er lächelte müde. „Es ist nur, dass Meister Budde vor drei Tagen zum Prinzregenten gerufen wurde und immer noch nicht zurück ist. Ich habe nicht einmal eine Nachricht erhalten."

„Das sieht ihm aber gar nicht ähnlich." Tessa runzelte die Stirn. „Was sagte Marianna dazu?"

Meister Buddes zweite Frau war eine furchtlose Person, die so lange die Wachen an den Palasttoren nerven würde, bis sie mit ihrem Mann sprechen konnte.

„Ihre Tante ist erkrankt. Deshalb ist sie letzte Woche nach Bergia gefahren. Glaubst du, dem Meister ist etwas passiert?"

„Ich bin mir sicher, dass du vom Schloss Nachricht bekommen hättest, wenn das der Fall gewesen wäre. Aber wir können fragen, wenn wir unsere Waren verkauft haben." Tessa räumte sich eine Ecke des Verkaufstresens frei und begann einige ihrer Schneebesen auszulegen.

„Na, das sollte nicht sehr lange dauern." Roberts fröhliche Grundstimmung kehrte zurück. Er schien die Sorgen vergessen zu können, denn er lächelte sie an. „Danke."

Vier Stunden später war Tessa bis auf einen alle Schneebesen losgeworden. Sie war immer noch geschockt, welchen Preis sie hatte verlangen können, nachdem der königliche Koch gleich mehrere auf einmal gekauft hatte. Da Roberts Bereich des Tresens ebenfalls ziemlich leer aussah, packten sie zusammen. Dann kaufte sich Tessa beim Rohstoffhändler nebenan fünf Barren Eisen. *Das ist mehr, als die Schneebesen gewogen haben, und ich habe immer noch Geld übrig. Vater wird nicht meckern können,* dachte sie und schulterte ihre Kiste. Sie und Robert brachten die Sachen zurück in die Schmiede und gingen dann in das daran angeschlossene Haus, um sich für einen Besuch am Schlosstor zu säubern.

Tessa trocknete sich eben ab, als jemand an die Tür der Schmiede pochte. Sie ging zurück in die kalte Werkstatt, öffnete die kleine Tür, die in das Tor der Schmiede eingelassen war, und stand einer Straßengöre von vielleicht zwölf Jahren gegenüber. Trotz der zerrissenen Kleidung und der schuhlosen Füße, knickste sie, bevor sie Tessa einen Briefumschlag entgegenstreckte.

„Meister Budde schickt das. Wenn du Tessa bist, ist der Brief für dich. Der Meister bestand darauf, dass ich ihn nur dir geben dürfe und sonst niemandem." Das Mädchen sprach leise, aber ohne Luft zu holen.

Tessa unterdrückte ein Schmunzeln, bedankte sich bei dem Mädchen und nahm den Brief. Sie wollte eben die Tür schließen, als sich das Mädchen an ihr vorbei zwängte. Robert stand im Zwischengang, die Haare immer noch feucht, und starrte die Kleine mit offenem Mund an, die noch immer mit Tessa redete.

„Meister Budde sagte, du würdest mir helfen. Er ist so ein netter Mann, und ich bin so, so froh, dass ich ihn getroffen habe. Ohne seine Hilfe wäre ich jetzt nicht hier."

Das ununterbrochene Geplapper des Mädchens ging Tessa auf die Nerven.

„Er sagte, du könntest mich aus der Stadt bringen. Ich muss schnell weg. Die Schlosswache ist mir auf den Fersen, weißt du?"

„Robert." Tessa drehte sich zu dem Lehrling um. „Hol mal eines der Kleider von Mariannas Base und ein paar der dazugehörigen Schuhe. Oh, und bringe auch einen ihrer Mäntel mit."

Der Junge rannte los. Vor ein paar Jahren war Mariannas Cousine mit vierzehn an einem Fieber gestorben, und ihre Kleider lagen immer noch in einer Kiste im Schlafzimmer des Meisters. Tessa wusste, dass Marianna nicht wütend sein würde, wenn sie ihr erklärte, dass das Mädchen dringend ordentliche Kleidung gebraucht hatte.

„Warte hier", befahl sie dem Mädchen und ging in die Küche, um etwas Brot und eine Decke zu holen. Als sie zurückkehrte, saß das Kind auf der Esse und ließ die Füße baumeln.

„Gehört dir der Dampfwagen im Hof? Er ist wunderschön. Ich habe noch nie einen mit roten Ledersitzen gesehen. Genauso einen will ich auch mal ha…"

„Hörst du nie auf zu reden?" Tessa schrie beinahe. „Ja, es ist mein Dampfwagen. Ich habe ihn selbst gebaut – mit Meister Buddes Hilfe natürlich."

Robert kehrte mit den Armen voller Kleidungsstücke und einem Paar Schuhe zurück. Hinter dem Berg klang seine Stimme dumpf.

„Ich hab auch Strümpfe und Unterwäsche mitgebracht."

„Gut gemacht, Robert." Tessa nahm die Kleidung und reichte sie dem Mädchen. „Zieh das an. Dann nimm das da und verschwinde." Sie zeigte auf das Bündel aus den Lebensmitteln und der Decke, das sie auf die Werkbank gelegt hatte.

„Aber du sollst mich doch mitnehmen."

„Das mach ich nicht. Basta. Und jetzt beeile dich."

Widerwillig und erstaunlich wortkarg zog sich das Mädchen aus. Robert wurde rot und floh aus der Schmiede, als er erkannte, dass die Kleine beinahe nackt sein würde, wenn sie die Fetzen ganz abgelegt hatte. Wenig später war sie vorzeigbar. Tessa reichte ihr einen Lappen, damit sie sich das Gesicht waschen konnte und half ihr anschließend, die Bänder der Haube unter dem Kinn zu verknoten. Die Haut des Mädchens war überraschend weich und weiß, als wäre sie nicht viel draußen gewesen. Für einen Moment zog sich Tessas Herz vor Mitleid zusammen. Das arme Kind musste sich anscheinend schon lange vor den Wachen verstecken. Sie fragte sich, was es wohl getan hatte, dass die Wachen nicht aufgegeben hatten. Aber sie konnte sich nicht einmischen. Seit der König verschwunden war, war es ziemlich gefährlich, sich gegen die königliche Garde zu stellen.

„Pass auf dich auf." Tessa drückte dem Mädchen ein Silberstück in die Hand und schickte sie fort.

„Ich mag Meister Budde", sagte das Mädchen. „Aber du bist gemein. Er hat mir versprochen, dass du mir helfen würdest, aber du versuchst es nicht einmal."

„Die Schlosswache wird dich in den neuen Sachen nicht erkennen, und ich habe Eltern, auf die ich Rücksicht nehmen muss." Tessa war sich nicht sicher, warum sie das Bedürfnis hatte, sich zu rechtfertigen, aber es erschien ihr wichtig. „Wenn ich versuchen würde, dich aus der Stadt zu schmuggeln, würde man dich entdecken. Ich kann nicht gut lügen."

Das Mädchen schnaufte abfällig, schnappte sich das Bündel, das Tessa vorbereitet hatte, und verließ die Schmiede mit erhobenem Haupt. Tessa seufzte, nahm den Briefumschlag und ging nach nebenan ins Haus. In der Küche hatte Robert das Feuer im Herd angefacht, und das leckere Aroma ihres Lieblingseintopfs zog durch die Räume. Tessa setzte sich an den Küchentisch und öffnete den Brief, während Robert Eintopf auf zwei Teller schöpfte.

*Liebe Tessa.*

*Ich werde wohl einige Zeit nicht heimkommen können, da meine Bewegungsfreiheit eingeschränkt wurde. Noch bin ich zwar offiziell kein Gefangener, aber das wird sich sicher bald ändern. Lass mich den Grund dafür erklären.*

*Selbst in dem Loch, in dem du lebst, hast du sicher gehört, dass vor einigen Monaten die bis dato erfolglose Suche nach dem verschwundenen König auf Befehl des Prinzregenten eingestellt wurde. Was du sicher nicht weißt, da es streng geheim gehalten wird, ist, dass sein jüngerer Bruder nur ein paar Tage später ebenfalls verschwand. Es wird vermutet, dass der Siebzehnjährige eigenhändig weitersuchen wollte und dabei zu Schaden kam.*

*Verständlicherweise schloss der Prinzregent daraufhin Prinzessin Rosalind in ihre Gemächer ein. Er wollte wohl nicht auch noch das letzte Mitglied der Königsfamilie verlieren. Wie ich herausgefunden habe, als man mich rief, um eines ihrer mechanischen Spielzeuge zu reparieren, fand die Prinzessin die Situation unerträglich. Sie versuchte, mich davon zu überzeugen, ihr zur Flucht zu verhelfen. Aus offensichtlichen Gründen lehnte ich selbstverständlich ab und versuchte ihr begreiflich zu machen, dass sie unbedingt im Schloss bleiben müsse. Am nächsten Morgen war sie verschwunden ... hatte sich in Luft aufgelöst, trotz des verschlossenen Zimmers. Niemand weiß, wie das passieren konnte, und das ganze Schloss ist in Aufruhr. Ich wurde beschuldigt, sie entführt zu haben, und mein Zimmer wurde gründlich durchsucht. Niemand konnte auch nur eine Spur*

*von ihr finden. Allerdings befürchte ich, dass sie bald kommen werden,*
*um mein Haus und die Schmiede zu durchsuchen.*

*Bringe bitte Robert zu seiner Mutter, damit er in Sicherheit ist, und*
*verlasse die Stadt, so schnell du kannst. Ich möchte nicht, dass man euch*
*unterstellt, ihr wärt meine Komplizen. Schließlich seid ihr nicht Schuld*
*an meinen Schwierigkeiten.*

*Bitte schreibe an Marianna und bitte sie, noch eine Weile bei ihren*
*Eltern zu bleiben.*

*Vielen Dank für Dein Verständnis,*
*Dein Freund*
*Joseph Budde*

„Wir müssen weg, sofort!" Tessa stopfte den Brief in ihren
Geldbeutel und goss einen Eimer Wasser über die glühenden
Kohlen im Herd. Robert starrte sie mit dem Löffel halb im
Mund an. „Ich erkläre es später. Beweg dich!"

Sie kippte den Inhalt beider Teller zurück in den Topf
und nahm alles mit, als sie das Haus durch die Hintertür in
der Küche verließ. Robert folgte ihr sichtbar verwirrt. Tessa
verstaute Teller und Topf eilig in einem kleinen Stauraum
unter dem Fahrersitz ihres Dampfwagens und heizte den noch
warmen Motor erneut an, während Robert die Türen des Hauses
verschloss. Fünf Minuten später waren sie in den Straßen der
Stadt unterwegs. Während der Fahrt erklärte Tessa die Sache
mit der verschwundenen Prinzessin und den Anschuldigungen,
denen Meister Budde ausgesetzt war. Robert wurde blass. Er
wurde sogar noch blasser, als sie einen Trupp der Schlosswache
vorbei lassen mussten, der in Richtung Schmiede marschierte.
Tessa lieferte einen sichtlich erschütterten Lehrling bei seiner
Familie in der Nähe des Marktes ab.

„Falls jemand fragen sollte, bist du gleich nachdem wir unsere
Waren in der Schmiede abgestellt haben, hierher gekommen.
Soweit du weißt, war ich die Einzige, die danach noch im Haus
war." Tessa starrte ihm in die Augen. Es war wichtig, dass er dies

verstand. „Sie können mich nicht als Komplizin beschuldigen, da ich erst heute früh in die Stadt gekommen bin, was ich beweisen kann." Mit einem Mal war sie sehr erleichtert, dass sie am Morgen von den beiden Stadtwachen am Tor erkannt worden war. Robert nickte und ging ins Haus, blass und still, um seiner Familie die Situation zu erklären.

Tessa zog ein Blatt Papier und Siegellack aus einer kleinen Box neben ihrem Lenkrad und schrieb den Brief an Marianna, um den Meister Budde sie gebeten hatte. Als sie ihn versiegelt und einem Boten übergeben hatte, kletterte sie wieder in ihren Dampfwagen und machte sich auf den Weg zum Stadttor. Die Wächter stoppten sie erneut, was so ungewöhnlich war, dass Tessa das Herz in die Unterhose rutschte.

„Dass ihr die Leute jetzt auch beim Verlassen der Stadt nervt ist neu", sagte sie und war stolz darauf, dass ihre Stimme nicht zitterte. Aber die Wachen schienen ihre normalerweise gute Stimmung verloren zu haben. Das machte Tessa noch nervöser, obwohl sie nichts zu verbergen hatte.

„Hast du einen Mitfahrer?" fragte der erste Wächter.

„Klar doch. Er ist aus Luft und sitzt direkt neben mir."

„Hör mit den Witzen auf", sagte der zweite Wächter. „Die Prinzessin hat sich letzte Nacht in Luft aufgelöst. Nach dem Verschwinden des Königs und seines Bruders nehmen wir das sehr ernst. Wir müssen herausfinden, ob sie jemand entführt hat."

„Sie sind verschwunden? Alle drei?" Tessa versuchte, so alarmiert zu wirken, als wüsste sie nichts davon. „Glaubt ihr, ich habe sie?"

„Natürlich nicht", sagte der zweite Wächter. „Aber es ist unsere Pflicht, jeden Wagen zu untersuchen, ob es eine Kutsche, ein Karren oder ein Dampfwagen ist, damit sie niemand aus der Stadt schmuggeln kann."

„Na, in meinem Wagen ist sie jedenfalls nicht." Tessa zuckte mit den Schultern. „Wie ihr sehen könnt, ist der Beifahrersitz leer. Aber ihr dürft gerne in mein Gepäckfach gucken."

Wortlos trat die erste Wache hinter den Dampfwagen und sah nach.

„Was ist mit dem Wassertank?" fragte er.

„Bist du verrückt? Damit die Maschine läuft muss das Wasser kochen. Darum heißt es ja auch Dampfkessel. Es wäre tödlich da drin." Tessa schüttelte den Kopf über so viel technischen Unverstand.

„Gut. Du kannst fahren", sagte der zweite Wächter und winkte sie weiter.

Erleichtert machte sich Tessa auf den Weg nach Hause. Da ihr der Magen knurrte, hielt sie am Waldrand an einem Fleck mit einem schönen Blick auf die Stadt an und holte ihren Eintopf hervor. Er war zwar nur noch lauwarm, aber das störte sie nicht. Sie war am Verhungern.

„Zum Glück hast du endlich angehalten."

Die Stimme erklang so unerwartet, dass Tessa beinahe den Topf fallen gelassen hätte. Mit großen Augen starrte sie die Person an, die aus dem kleinen Raum unter dem Fahrersitz gekrochen kam.

„Da drinnen ist es ziemlich unbequem", sagte das Mädchen und strich das graue Kleid glatt, das Tessa ihr gegeben hatte. „Danke für die Fahrt, aber ich glaube, ich sitze jetzt lieber oben."

Schlagartig fielen die Puzzelteile in Tessas Kopf an die richtigen Stellen.

„Du bist die Prinzessin." Das war keine Frage.

„Ich wusste, dass du dahinter kommen würdest. Du wirkst ziemlich intelligent, und Meister Budde…"

„Er ist deinetwegen in Schwierigkeiten."

„Er ist in Schwierigkeiten, weil er mir das Leben gerettet hat."

„Er hat WAS??" Tessa starrte die Prinzessin mit offenem Mund an.

„Iss deinen Eintopf. Ich werde es erklären. Übrigens hatte ich heute noch gar nichts zu Beißen. Wenn du mir also etwas abgeben könntest, wäre ich dir sehr verbunden."

Mit zitternden Händen füllte Tessa die Teller mit dem lauwarmen Eintopf, und sie setzten sich zum Essen auf Steine.

„Als unser ältester Bruder eines Tages nicht von der Jagd nach Hause kam, befürchteten mein Bruder Jasper und ich das Schlimmste. Onkel Jorge, das ist der jüngste Bruder meines Großvaters…"

„Der Prinzregent?"

„Ja. Er wollte schon immer König sein, also dachten wir, er hätte Thomas getötet. Deshalb befragten wir die königliche Wahrsagerin. Sie sagte uns, was tatsächlich mit ihm geschehen war und wo wir ihn finden könnten. Jasper machte sich auf den Weg, um ihn zu holen. Ich blieb zu Hause, um Onkel Jorge zu überwachen. Aber Jasper kam auch nicht zurück, und die königliche Wahrsagerin konnte ich nicht mehr fragen, weil Onkel Jorge sie sofort entlassen hatte, als er Jaspers Verschwinden bemerkte. Zu der Zeit schloss er mich auch in mein Zimmer ein. Er sagte, in fünf Jahren würde er mich heiraten, was seinen Anspruch auf den Thron unanfechtbar machen würde." Prinzessin Rosalind starrte für einen Moment auf den Boden, bevor sie fortfuhr. „Keiner der Diener, die ich fragte, traute sich, mir zu helfen. Nicht einmal mein Kindermädchen. Ich hoffte, dass ein Außenstehender vielleicht mehr Mut haben würde, und zerbrach absichtlich mein Lieblingsspielzeug. Natürlich tat sich so, als wäre es ein Versehen gewesen und zog ein großes Spektakel ab. Onkel Jorge war gezwungen, Meister Budde zu holen."

„Der sich ebenfalls weigerte, dir zu helfen. Ich verstehe."

„Musst du mich dauernd unterbrechen?" Die Prinzessin sah Tessa an, eine steile Falte zwischen den Augen. „Er hat sich kein bisschen geweigert. Im Gegenteil. Er hat mich aus dem Schloss geschmuggelt und mir gesagt, ich solle dich aufsuchen."

„Aber sein Brief…"

„…war nur zum Teil wahr, falls du oder ich damit entdeckt werden würden. Also, hilfst du mir jetzt, meine Brüder zu finden oder was?"

Tessa schob sich noch mehr Eintopf in den Mund, um die Antwort zu verzögern. Sie musste in Ruhe darüber nachdenken. Wenn sie der Prinzessin half, bekam sie zweifelsfrei eine Menge Ärger. Andererseits würde die Kleine sicher nie aufhören, sie zu nerven, wenn sie sich weigerte. Doch eins war klar. Sie konnte sie nicht hier am Waldrand lassen. So dickköpfig wie sie war, würde sie vermutlich zu Fuß weitergehen und sich mit Sicherheit verlaufen. Eine Idee schoss ihr durch den Kopf. *Das ist es*, dachte sie. *Ich nehme sie mit und setze sie beim Schloss unseres Barons ab. Mit seinen Verbindungen in dass Nachbarkönigreich und in die Stadt, sollte er in der Lage sein, ihr zu helfen.*

Offensichtlich störte die lange Stille die Prinzessin.

„Also, was ist? Wirst du mir helfen?"

Tessa nickte wortlos und verstaute die Teller und den leeren Topf wieder in dem kleinen Fach unter dem Fahrersitz.

„Steig ein", sagte sie und lächelte schwach.

Grinsend machte es sich die Prinzessin auf dem Beifahrersitz bequem.

„Mein Bruder hat auch so eins, aber er hat mich nie mitgenommen. Er meinte, für Kinder sei das zu gefährlich. Dabei bin ich gar kein Kind mehr. In drei Jahren bin ich alt genug, verlobt zu werden."

„Bitte schnalle dich an", sagte Tessa und unterbrach so die Flut von Worten.

„Anschnallen? Wie denn?" Prinzessin Rosalind runzelte die Stirn.

Tessa zeigte ihr den Ledergürtel, den sie an den Sitzen befestigt hatte und erklärte, wie man ihn anlegte. „Ich bin nämlich mit deinem Bruder ganz einer Meinung. Mit einem Dampfwagen zu fahren kann ziemlich gefährlich sein, insbesondere auf einer so schlechten Straße wie dieser. Der Gürtel verhindert, dass du rausfällst wenn wir über einen Huckel fahren."

„Was für eine kluge Idee. Boa! Meister Budde meinte ja, dass du erfinderisch wärst, aber er hat nicht gesagt, dass du ein Genie bist. Weißt du, dass mein Bruder Jasper mal eine Maschine zum Schuhe putzen erfunden hat? Sie ist natürlich auseinander gefallen, als sie der Schuhputzjunge benutzen wollte."

Tessa ließ sie reden, hörte nur mit halbem Ohr zu und konzentrierte sich aufs Fahren. Die Sonne begann bereits unterzugehen und das Licht unter dem dichten Blätterdach des Waldes war spärlich. Bei einem kurzen Halt zündete sie die beiden Laternen an, die sie am vorderen Ende ihres Dampfwagens angebracht hatte. Sie warfen genug Licht auf den Pfad, dass sie ihm folgen konnte. Allerdings wirkte dadurch die Umgebung umso dunkler.

Sie fuhren lange durch den Wald. Die Prinzessin schwatzte und Tessa schwieg größtenteils. Schließlich hörte Rosalinds Gerede auf. Als Tessa zu ihr hinüber sah, hing sie in einer unbequemen Position und schlief. Sie hielt an, schnallte die Kleine los und hob sie vorsichtig auf den Rücksitz. Dort deckte sie sie mit einer Decke aus dem Kofferraum zu und schnallte sie mit zwei Gurten fest, bevor sie weiter fuhr. Seltsamerweise machte sie die Stille mit einem Mal ganz kribbelig. War sie noch auf dem richtigen Weg? Alles sah so fremd aus. Vielleicht war sie an der letzten Kreuzung falsch abgebogen. Sie schob ein weiteres Stück Holz in die Feuerkiste ihres Dampfwagens und prüfte den Dampfdruck und den Füllstand des Wassers. Hoffentlich fand sie bald einen Platz, an dem sie umdrehen konnte. Mehr Holz zu beschaffen, war kein Problem, aber ihr ging langsam das Wasser aus. Gerade, als sie sich entschloss, den nächstbesten Pfad auszuprobieren, erreichten sie eine kleine Lichtung. Das schwache Mondlicht beleuchtete einen gemauerten Brunnen und eine winzige Hütte. Warmes Licht fiel aus den Fenstern.

*Perfekt. Hier kann ich umdrehen und auch gleich Wasser nachfüllen.* Tessa fuhr bis zur Hütte und rief: „Hallo! Jemand zu Hause?"

Sie bekam keine Antwort, aber die Prinzessin wachte durch ihren Ruf auf. Während Tessa eimerweise Wasser aus dem Brunnen zog und in den Kessel des Dampfwagens füllte, setzte sich die Prinzessin auf und rieb sich die Augen.

„Du hast sie gefunden!" Mit einem Freudenschrei sprang sie vom Dampfwagen und lief zur Tür der Hütte. Mit beiden Händen hämmerte sie dagegen. „Thomas! Jasper! Ich weiß, dass ihr da seid. Macht endlich auf."

Widerwillig öffnete sich die Tür. Ein alter Mann mit weißen Haaren, vielen Falten und einem Buckel kam heraus. Das war niemals ein Mitglied der königlichen Familie. Aber Rosalind schlang ihre Arme um ihn und weinte.

„Thomas! Wer hat das nur getan? Warum hat dich jemand verflucht? Kann man dich wieder erlösen? Wann kommst du endlich wieder nach Hause?"

Der alte Mann drückte sie fest an sich und flüsterte laut genug, dass es Tessa hören konnte.

„Hör zu, Rosa. Es gibt hier nichts, was du tun kannst. Verlass das Land und komm nicht zurück bis ich dich hole."

*Du meine Güte,* dachte Tessa. *Er ist tatsächlich der König.*

„Ich bleibe." Rosalind stellte sich gerade hin und kreuzte die Arme vor der Brust. „Es muss doch einen Weg geben, wie man diesen Zauber löst."

„Es ist gefährlich, zu lange zu bleiben. Du musst jetzt gehen." Der alte Mann, oder besser König Thomas, schob sie sanft zum Dampfwagen. Er sah Tessa an. „Wer seid ihr, holde Maid?"

Ehe Tessa mehr tun konnte als rot zu werden, sagte Rosalind: „Sie heißt Tessa und hat mir geholfen, aus der Stadt zu verschwinden. Du musst sie belohnen. Und jetzt reden wir über deinen Fluch."

„Vielen Dank für Eure Hilfe, Madame. Sie ist uns sehr willkommen." Der König ignorierte seine Schwester und verbeugte sich vor Tessa. „Ich würde Euch nur zu gerne königlich belohnen wenn Ihr Rosa zu unseren Verwandten nach Steria im Süden bringen würdet. Leider bin ich derzeit nicht in der Lage, großzügig sein zu können. Da ich auch nicht weiß, wie lange ich in dieser Situation gefangen sein werde, kann ich nur darum betteln, dass Ihr sie in Sicherheit bringt."

Tessa seufzte. Unbezahlte Arbeit … das hatte ihr noch gefehlt. Sie betrachtete die Prinzessin, die sich hingekniet hatte, um einen jungen Hahn zu streicheln. Sie murmelte ihm zärtliche Worte vor.

„Das ist mein Bruder Jasper", sagte sie zu Tessa.

„Woher weißt du das?"

„Die Wahrsagerin hat es vorhergesagt. Wir hätten auf sie hören sollen. Übrigens, hast du noch Eintopf? Ich verhungere."

„Ich habe Brot und Käse", sagte König Thomas. „Aber ihr müsst gleich nach dem Essen fahren."

Rosalind half ihm, die Lebensmittel zu holen, und sie aßen stehend im Dunkeln. Tessa wunderte sich, warum es ihm so wichtig zu sein schien, sie schnell loszuwerden. Während der Mahlzeit bat er sie wiederholt, Rosalind zu ihren Verwandten zu bringen. Genervt sagte sie schließlich zu. Die Prinzessin runzelte die Stirn und weigerte sich, wieder in den Dampfwagen zu steigen. Schließlich wickelte sie der König in die Decke und kuschelte sich einen Moment neben sie auf den Rücksitz.

„Wenn ich dich in Sicherheit weiß, geht es mir gleich besser", sagte er.

„Na gut. Ich gehe. Aber ich komme mit einer ganzen Armee von Zauberern zurück, um den Fluch zu brechen."

König Thomas lächelte sie an und küsste ihre Stirn. „Es war wunderbar, dich zu sehen. Ich bin so froh, dass du Jorge entkommen bist. Pass auf dich auf."

Als er vom Dampfwagen gestiegen war, wendete Tessa und fuhr in den Wald zurück. Die Prinzessin war ungewöhnlich schweigsam, so dass Tessa ein paar Mal über ihre Schulter sah, um sicher zu gehen, dass sie noch da war. Tränen liefen über das Gesicht des Mädchens, und sie umklammerte ihre Knie. *Armes Vögelchen*, dachte Tessa. Als sie sich das nächste Mal umsah, hatte Rosalind die Decke über den Kopf gezogen. Wahrscheinlich schlief sie. Das war das Beste, was sie unter den Umständen tun konnte. Sie näherten sich der Stelle, an der Tessa falsch abgebogen war, und so drosselte sie die Geschwindigkeit. Endlich auf dem richtigen Weg beschleunigte sie wieder.

Leise fuhr sie durch die Nacht. Tessa fragte sich, wer den König wohl verflucht hatte und warum. Die verdrehte Art, mit der er indirekt auf sein Problem hinwies, ließ vermuten, dass er nicht darüber reden konnte.

Als sie den Wald verließ, drehte sie sich um, um der Prinzessin zu sagen, dass sie bald an der Schmiede ankommen würden. Der Rücksitz war leer. Rosalind hatte sogar die Decke mitgenommen. Wie konnte eine Quasselstrippe wie die Prinzessin so leise sein? Tessa fluchte. Im Dunkeln war es unmöglich, sie zu finden. Ob sie wollte oder nicht, sie musste auf das Tageslicht warten. Sie fuhr also nach Hause und hoffte, dass sich die Prinzessin nicht im Wald verlaufen hatte.

Lautes Hämmern klang aus der Schmiede. *Warum arbeitet Vater noch?* Tessa wunderte sich. Sie parkte den Dampfwagen vor dem Haus und ging in die Werkstatt.

Ihr Vater zerschlug gerade einen halbfertigen Quirl. Eine große Schmelzpfanne hing über einem heißen Feuer. Auf dem Boden neben ihm lagen mehrere der Aufziehspielzeuge, die sie während ihrer Lehre angefertigt hatte.

„Was machst du da? Das sind meine!" Tessa hockte sich hin und hob sie auf.

„Es tut mir leid, Liebes, aber wir müssen sie zerstören."

Tessa bemerkte erst jetzt, das ihr Vater weinte.

„Ich halte zwar nicht viel von diesem neumodischen Kram, aber ich weiß, wie viel sie dir bedeuten. Aber wenn ich sie nicht einschmelze, wird die königliche Garde meine Schmiede einreißen."

„Aber warum?" Immer noch in der Hocke sah Tessa zu ihrem Vater auf.

„Ich weiß es nicht. Ich weiß nur, dass heute Nachmittag ein berittener Bote mit einer königlichen Bekanntmachung verkündete, dass wir jede Form von Technik zu vernichten hätten, insbesondere aber Dampfmaschinen. Ich werde als nächstes den Dampfwagen auseinandernehmen müssen."

Mit den Armen voller mechanischem Spielzeug, stand Tessa auf.

„Das lasse ich nicht zu. Ich werde den Dampfwagen und diese hier im Wald verstecken. Die Wachen werden sie niemals finden."

In einem Hügel ein Stück in den Wald hinein gab es eine kleine aber trockene Höhle. Tessa hatte dort oft genug gespielt, wenn die anderen Dorfkinder sie wie so oft ausschlossen. Der Mund ihres Vaters klappte auf und zu, als wolle er etwas sagen. Schließlich nickte er.

„Aber beeile dich und mach leise." Er warf den platten Quirl in die Schmelzpfanne und wandte ihr den Rücken zu. „Falls mich jemand fragt, habe ich dich nicht mehr gesehen, seit du gestern Nacht abgefahren bist."

Tessa eilte hinaus und warf das Spielzeug in den Kofferraum des Dampfwagens. Dann fuhr sie wieder fort, froh darüber dass die meisten Dorfbewohner bereits schliefen. Es war ja auch schon spät. Mit dem Dampfwagen brauchte sie nur eine Viertelstunde zur Höhle im Wald. Für den Rückweg würde sie viel, viel länger brauchen, auch weil sie die Spuren verwischen musste. Obwohl die Höhle trocken war und der Dampfwagen gut hinein passte, ölte sie die Maschine zur Sicherheit ein. Sie ertrug den Gedanken nicht, dass er rosten könnte, wenn sie nicht da war, um ihn zu pflegen. Da sie keine Ahnung hatte, wann sie wieder kommen könnte, arbeitete sie gründlich.

Als sie schließlich den Wald verließ und auf den Weg zu ihrem Zuhause einbog, erhellten die ersten Sonnenstrahlen bereits den Horizont. Tessas Füße waren tonnenschwer, und ihre Augenlider sanken herab, ganz egal wie sehr sie dagegen ankämpfte. So vieles wirbelte ihr durch den Kopf: König Thomas, Rosalind, der Dampfwagen, die Bekanntmachung … ihr Gehirn weigerte sich, darin einen Sinn zu erkennen, obwohl sie sich sicher war, dass sie etwas sehr Wichtiges tun sollte. Zuhause angekommen stolperte sie nach oben und plumpste in ihr Bett. Sie schnarchte bereits, bevor ihr Gesicht das Kissen berührte.

Als sie aufwachte, stand die Sonne schon hoch am Himmel. Stimmen drangen aus dem Wohnzimmer unter ihr herauf, die ihrer Mutter und einer weiteren Frau. Die Stimme kam Tessa bekannt vor, aber im Augenblick konnte sie sie nicht zuordnen. Sie wusch sich mit Wasser aus der Porzellanschüssel auf ihrem Tischchen und zog frische Kleidung an. Als sie sich ihren Geldbeutel umschnallte, fiel ihr endlich wieder ein, was letzte Nacht alles passiert war. Die Prinzessin… sie musste los und sie finden. Wie konnte sie das nur vergessen?

Sie eilte nach unten in die Küche, um ein paar Lebensmittel zusammenzupacken. Das Kind musste halb verhungert sein, und sie wollte vorbereitet sein, falls sie sie fand. *Wenn*, dachte sie. *Ich finde sie … ganz bestimmt!*

Bevor sie gehen konnte, betrat ihre Mutter die Küche. Frau Gringe folgte ihr.

„Dachte ich doch, dass ich dich gehört hätte", sagte die alte Frau.

„Keine Zeit." Tessa wollte sofort los, um das Kind zu suchen „Ich muss mich beeilen."

„Oh Ja, beeilen musst du dich. Aber noch nicht jetzt." Die Hexe legte ihre Hand auf Tessas Arm. Mit einem Mal war sie gefangen, als hielte sie eine wesentlich stärkere Person fest. Erfolglos kämpfte sie gegen den Zauber.

„Ich muss wirklich los. Sofort." Sie lächelte die alte Hexe bittend an.

„Du hast genug Zeit, dir meine Warnung anzuhören. Außerdem hast du noch meine Kräuter in deinem Beutel."

Die hatte Tessa ganz vergessen. Mit fliegenden Fingern grub sie durch ihren Beutel und reichte der rundlichen Alten die Glasröhrchen. Frau Gringes Augen glänzten, und sie verstaute ihre Gewürze und das Wechselgeld mit einer Hand in ihrem ausladenden Rock.

„Jetzt zu meiner Warnung", sagte sie. „Heute Nacht habe ich geträumt, und diese Art von Träumen werden oft war, dass eine Gruppe Soldaten durch unser Dorf ziehen und dich erschlagen wird."

Tessa zog die Augenbrauen hoch. Sie war niemand Besonderes, also warum sollten Soldaten hinter ihr her sein?

„Warum?"

„Wegen deines Talents dampfbetriebene Maschinen zu erfinden und zu bauen. Wegen deiner Liebe für Apparate und Werkzeuge, und weil du Traditionen in Frage stellst." Frau Gringe gluckste fröhlich und nahm die Hand von Tessas Arm. „Alle Nutzer von Magie haben Angst vor dem, was Technik ihren Kräften antun kann. Ich auch."

„Aber Dampfmaschinen sind doch nicht wirklich neu." Tessa trat einen Schritt vor, erleichtert, dass die Hexe ihren Zauber offensichtlich aufgehoben hatte. „Meister Budde hat sie vor gut zehn Jahren kennengelernt und gibt seither sein Wissen an all seine Lehrlinge weiter."

„Meister Budde ist tot. Genau wie die beiden Lehrlinge vor dir und der nach dir. Du bist die Letzte in diesem Königreich, die über diese Art Wissen verfügt."

Tessa spürte, wie ihr das Blut in den Adern gefror. *Nein! Das konnte nicht sein* ... aber die Neuigkeit war so unglaublich, dass sie unmöglich erfunden sein konnte.

„Warum *jetzt?* Warum nicht vor fünf Jahren oder vor drei?"

„Verstehst du nicht? Nur wenn ein Zauberer die nötige Macht hat, kann er diese Art Befehl erteilen. Es hat ihn viele Jahre gekostet, seinen Bruder und dessen Nachkommen loszuwerden."

„Der Prinzregent?" Tessa packte die Lehne eines Stuhls, um nicht zusammenzusacken.

Die Hexe legte den Kopf auf die Seite und lauschte.

„Zeit zu fliehen. Jetzt!"

„Meine Eltern ... Wird er sie verletzen?"

„Nein. Aber dich, wenn du dich nicht beeilst."

Ohne sich von ihrer Mutter zu verabschieden, rannte Tessa aus dem Haus, über den Hof und das Feld zu einem Schuppen in der Nähe des Waldrands. Dort versteckte sie sich. Vorsichtig spähte sie um die Ecke des baufälligen Gebäudes. Eine Gruppe von sechs Soldaten in den Farben der königlichen Garde umstellte die Schmiede. Einer hielt ihre weinende Mutter am Arm, zwei weitere ihren Vater, der heftig protestierte. Seine Stimme schnitt durch die Morgenluft wie eine Sichel durchs Gras.

„Sie ist unsere Tochter. Wir würden es euch nicht verraten, selbst wenn wir es wüssten." Der Anführer der Soldaten ohrfeigte ihn, und er sackte in sich zusammen.

Tessa unterdrückte einen Schrei. *Warum sagt er ihnen nicht, wohin ich gerannt bin? Ich habe genug Vorsprung. Die würden mich nie einholen.*

In dem Augenblick hob Frau Gringe den Kopf und sah ihr direkt in die Augen. Trotz der Entfernung spürte Tessa die Frage in ihrem Blick. Sie nickte und machte sich auf den Weg zum Wald.

„Da!" Die Stimme der Hexe klang genauso laut durch den Morgen, wie die des Schmieds, und sie zeigte zum Schuppen. Tessa beschleunigte, nicht länger darauf bedacht, sich nicht sehen zu lassen. Ein Blick über die Schulter bestätigte, dass die Soldaten ihre Eltern losgelassen hatten, um ihr nachzulaufen.

Sie betrat den Wald auf einem Wildwechsel, der sie durch ein Dickicht führen würde, das für Leute, die sich hier nicht auskannten, schwer zu durchdringen war. Bald hörte sie die Soldaten durch das Unterholz brechen, und sich den Weg mit ihren Schwertern frei hacken. Doch sie kannte die Wälder wie ihr eigenes Schlafzimmer und bewegte sich lautlos durch das Gebüsch. Bald wurden die Geräusche hinter ihr immer leiser. Sie änderte die Richtung und eilte zu ihrem Dampfwagen. Es war das beste Versteck, das ihr im Moment einfiel, auch wenn sie den Wagen im Augenblick nicht zur Flucht nutzen konnte. Es würde zu lange dauern, die Maschine aufzuheizen, und der Rauch würde sie verraten. Außerdem hatte sie keine Ahnung, wohin sie gehen sollte.

Sie blieb in ihrem Versteck, bis der Wald wieder ganz ruhig geworden war und dachte über ihre Situation nach. Zu ihren Eltern konnte sie nicht zurück. Die Soldaten hatten mit Sicherheit jemanden dort gelassen, der Alarm schlagen würde, falls sie auftauchte. Sie konnte auch nicht zu irgendjemand sonst im Dorf gehen, weil sie dort niemandem vertrauen konnte. Der einzige Freund aus Kindheitstagen war mit dreizehn an einem Fieber gestorben. Sie vermisste sein freundliches Geplapper immer noch, auch wenn er nicht der klügste Kopf gewesen war. Sie waren gemeinsam Außenseiter gewesen. Mit einem Seufzer stand sie auf und sah aus der Höhle. Niemand war zu sehen, es gab keine verdächtigen Geräusche, und die Vögel sangen. Sie sollte gehen und sich einen Platz suchen, an dem sie wenigstens eine Nacht in Sicherheit wäre. *Zuerst muss ich die Prinzessin finden*, dachte sie. *Vielleicht können wir eine Weile beim König bleiben. Er würde seine Schwester doch nicht abweisen, oder?*

So leise sie konnte, huschte sie durch den Wald. Es dauerte zwei Stunden bis sie den Abzweig fand, der zur Hütte des verfluchten Königs führte. Der Pfad war so schmal, dass sie sich wunderte, wie sie es mit ihrem Dampfwagen hindurch geschafft hatte. Als sie die Lichtung erreichte, ließ das Tageslicht bereits wieder nach. Sie blieb am Rand der Lichtung stehen und sah sich um. Nicht einmal eine Körperlänge vor ihr stand der Prinzregent mit sieben Soldaten. Einer hielt König Thomas zerbrechlichen Körper am Arm. Tessa schlüpfte so leise es ging zwischen zwei Büsche.

„Ich weiß, dass sie sich hier versteckt. Durchsucht alles." Sechs Soldaten betraten die Hütte.

„Du auch." Der Prinzregent nahm selbst den Arm des verfluchten Königs und scheuchte den letzten Soldaten mit einer Handbewegung zur Hütte. Der Mann beeilte sich, mit der Suche zu beginnen. Kreischend flatterten ein junger Hahn und eine Henne aus der Tür und hockten sich neben das gestapelte Feuerholz.

„Dort sind Jasper und Rosalind", sagte König Thomas und zeigte auf die Vögel. „Gib ihnen ihre wahre Gestalt zurück, und ich verspreche, dass ich deinen Anspruch auf den Thron niemals anfechten werde."

„Glaubst du, ich wäre so leicht reinzulegen?" Der Prinzregent schubste König Thomas, der stolperte und hinfiel. Tessa hätte ihm zu gerne aufgeholfen. So konnte man doch mit einem alten Mann nicht umgehen, selbst wenn er im Herzen jung war. Aber sie wusste, dass es besser war, versteckt zu bleiben.

„Aber es sind deine Nichte und dein Neffe. Ich schwöre es." Der König versuchte aufzustehen, fiel aber wieder um, als ihn der Prinzregent in die Rippen trat.

„Ich staune darüber, wie viel du in der kurzen Zeit über deinen Fluch gelernt hast. Mir ein paar Nutztiere als deine Geschwister vorzustellen … Keine schlechte Idee, wirklich." Er trat ihn erneut. „Wer hat es dir verraten?"

„Wer hat mir was verraten?" König Thomas umklammerte seinen Oberkörper mit beiden Armen, versuchte aber nicht noch einmal aufzustehen.

„Die Details des Fluchs, den ich auf dich gelegt habe. Er ist an dich gebunden, und nur an dich. Wenn das wirklich deine Geschwister wären, würde ich dich befreien, wenn ich sie erlöse. Wie ich schon sagte, kein schlechter Gedanke. Aber ich durchschaue dich."

„Ich habe nicht…" König Thomas gestammelte Worte verklangen, als sich der Prinzregent zu ihm hinunterbeugte und ihn anknurrte.

„Ich habe sicher gestellt, dass niemand deinen Fluch brechen kann. Warum, glaubst du, habe ich dich an diesen Ort gebunden, anstatt dich aus meinem Königreich zu vertreiben?" Er streckte sich wieder und schnippte unsichtbaren Staub vom Aufschlag seines Reisemantels. „Der Fluch, der auf dieser Hütte liegt, ist unbezwingbar."

Die Soldaten kamen zurück und berichteten, dass sie außer ein paar Lebensmitteln und Mäusen nichts gefunden hatten. Keiner hatte einen Blick für den alten Mann übrig, der am Boden lag und seine Brust umklammerte.

„Nun, vielleicht ist sie weiter gekommen, als ich erwartet habe", sagte der Prinzregent. „Wir werden im nächsten Dorf nachsehen." Er winkte, und einer der Soldaten eilte los, um sein Pferd zu holen. Wenig später ritt die Gruppe den Pfad entlang, den Tessa vor Kurzem entlang gekommen war. Als sie so weit fort waren, dass sie den Hufschlag nicht mehr hören konnte, verließ sie ihr Versteck und hockte sich neben den König.

Seine Augen waren geschlossen, und er umklammerte immer noch seine Brust.

„Was ist denn noch?" flüsterte er. „Hast du mich nicht schon genug gequält?"

Tessas Herz zog sich vor Mitleid zusammen.

„Ich bin es, nicht er. Hat er Euch sehr wehgetan?"

Thomas Augen öffneten sich. Sie waren blauer als alles, was Tessa je gesehen hatte. Für einen endlosen Moment schien sein

Gesicht zu verblassen, so dass nichts außer diesen unglaublich blauen, traurigen Augen blieb.

Der Augenblick verpuffte als Thomas sprach.

„Ich glaube, er hat mir ein paar Rippen gebrochen."

Behutsam half ihm Tessa auf die Füße und führte ihn zur Hütte. Der Hahn und die Henne rannten ihnen nach und gackerten aufgeregt.

„Vorsicht. Er ist verletzt", sagte Tessa, und sie machten ihr Platz. In der Hütte setzte sie König Thomas vorsichtig auf sein Bett. Die Hütte hatte nur einen einzigen Raum, der als Schlafzimmer, Küche und Wohnzimmer diente. Er sah aus, als wäre ein Wirbelsturm hindurch gerast. Die Henne gluckste und begann aufzuräumen. Nicht, dass der alte Mann außer seinen Lebensmitteln viel gehabt hätte.

„Ich werde Euch jetzt das Hemd ausziehen", sagte Tessa.

„Nein." König Thomas schüttelte den Kopf. „Du musst weg. Du kannst nicht über Nacht bleiben."

„Zuerst sehe ich mir Eure Verletzungen an." Es war das Mindeste, was sie tun konnte.

Widerwillig erlaubte er ihr, ihm das ziemlich dreckige Seidenhemd auszuziehen. Mehrere blaue Flecken schillerten auf der schrumpeligen Haut seiner mageren Brust, aber als Tessa die Rippen so zart wie möglich abtastete, schienen sie alle in einem Stück zu sein. Trotzdem stöhnte der König wenn sie ihn berührte. Ständig wiederholte er seine Bitte, dass sie die Hütte verlassen möge, bis er schließlich das Bewusstsein verlor.

„Er braucht etwas, um die Schmerzen zu lindern", sagte Tessa zu den Vögeln. Sie hatten die Lebensmittel weggeräumt und flatterten jetzt auf das Ende des Betts. *Eigentlich*, dachte Tessa, *sollte ein König ein viel besseres Bett haben. Eines mit einer richtigen Matratze, vielen Kissen und einer dicken Daunendecke.* Sie konnte sich nicht erklären, warum ihr Herz schneller schlug, wenn sie König Thomas ansah. Also wandte sie sich and die Vögel.

„Ihr seid wirklich Prinz Jasper und Prinzessin Rosalind?"

Sie glucksten. Dann hüpfte Rosalind vorwärts und schlug mit den Flügeln, als wolle sie Tessa verscheuchen.

„Ich werde ihm nicht wehtun. versprochen." sagte Tessa.

Rosalind krächzte und wiederholte die Bewegung. Da verstand Tessa.

„Du willst, dass ich die Hütte verlasse?"

Beide Vögel glucksten gleichzeitig. Erinnerungsfetzen in Tessas Gehirn griffen ineinander, und ihr wurde ein Teil des Fluchs klar, der auf dem König lastete.

„Seid ihr zu Tieren geworden, weil ihr über Nacht geblieben seid?"

Wieder glucksten die beiden gleichzeitig.

„Also gut. Ich werde die Nacht nicht auf dieser Lichtung verbringen. Habt ihr eine zweite Decke?" Doch sie wusste, dass es keine gab. Schließlich hatten die Soldaten alles durcheinandergeworfen. Also legte sie Holz in die offene Feuerstelle, zündete es an und sagte zu den Vögeln. „Ich komme morgen früh zurück."

Sie ging den langen Weg zu ihrem Dampfwagen zurück und sah sich dabei stets nach dem Prinzregenten und einen Männern um. Zum Glück sah sie niemanden. Es war zu kalt, die Nacht ohne Schutz vor den Elementen zu verbringen, also rollte sie sich auf dem Rücksitz zusammen. Leider hatte sie die decke noch nicht ersetzt, die sich die Prinzessin „geliehen" hatte. Ihr Schlaf war wenig erholsam. Am Morgen fühlte sie sich, als wäre ein Baum auf sie gefallen. Sie streckte sich und überlegte, wo sie Frühstück herbekommen könnte. Dann erinnerte sie sich an die Verletzungen des alten Mannes. *Ich könnte Frau Gringe um Hilfe bitten*, dachte Tessa. *Sie kennt alle möglichen Heilmittel.*

Vom Waldrand aus betrachtete Tessa die Felder. Sie waren leer und kein Soldat in Sicht. Es war so früh, dass das habe Dorf wahrscheinlich noch schlief. Sie huschte von Busch zu Hecke zu Schuppen zu Haus und arbeitete sich so bis ins Dorf vor.

Glücklich erreichte sie Frau Gringes Hütte, ohne dass sie jemand bemerkte. Bevor sie anklopfen konnte, öffnete sich die Tür.

„Was willst du?" fragte die Hexe, als wüsste sie bereits genau, wer vor ihrem Heim stand. „Die Soldaten werden in einer halben Stunde hier sein, also sag mir schnell, was du willst und verschwinde. Ich habe keine Lust in Schwierigkeiten zu geraten."

„Ich brauche einen Trank gegen Schmerzen." Tessa zog ein Geldstück aus ihrem Beutel und hielt es der Hexe hin.

Die alte Frau nahm es gierig an.

„Es dauert eine Stunde, einen herzustellen. Komm später wieder."

Tessa stoppte die Tür mit dem Fuß.

„Es gibt keinen Ort im Dorf, an dem mich die Soldaten nicht finden würden."

„Du musstest unsichtbar sein, damit sie dich nicht finden." Die alte Frau drehte sich zu ihrer Feuerstelle um, über der mehrere kleine Kessel über Flammen hingen, die in vielen Farben leuchteten. „Ich könnte dir etwas geben, das dich für ein paar Tage unsichtbar werden lässt, aber das kostet mehr als eine Handvoll Geldstücke."

„Was würde es kosten?"

„Das sage ich dir später." Die Hexe kicherte. „Ich muss nämlich erst einmal darüber nachdenken."

Tessa folgte ihr ins Zwielicht der Hütte und sah zu, wie sie in den Töpfen rührte. War es klug, ihr Angebot anzunehmen? Hexen wurde nachgesagt, dass die Bezahlung den Wert des Zaubers oft weit überstieg. Doch wenn man es genau bedachte trieben alle Leute, die eine Dienstleistung oder Waren verkauften, das gleiche Spiel. Sie erinnerte sich an den unglaublichen Preis, den sie für ihre Schneebesen verlangt hatte. Sie seufzte.

„Wird es wehtun unsichtbar zu sein?"

„Aber nicht doch." Die Hexe schob einen Kessel zur Seite, damit er abkühlen konnte und hängte einen neuen Topf an einen freien Haken, der von der Decke hing, und füllte ihn mit

Wasser. Dann wählte sie einige Kräuter, die in Büscheln von den Balken ihres Hauses hingen und zerquetschte sie, bevor sie sie in das langsame wärmer werdende Wasser gab. Ein Geruch nach Frühling erfüllte die Hütte und brachte Tessa zum Lächeln. Die Hexe dreht sich zu ihr um, den Holzlöffel in der Hand.

„Die Soldaten sind unterwegs. Du entscheidest dich lieber. Wenn du dich beeilst, kannst du es gerade noch schaffen, den Wald zu erreichen, bevor sie an meine Hütte klopfen."

„Können Sie hellsehen?" Tessas Augenbrauen hoben sich. Das hatte sie nicht gewusst.

„Nein. Ich kann fernsehen. Das ist ein großer Unterschied. Gerade eben sah ich, wie die Soldaten aus der Burg des Barons kamen. Zu Fuß brauchen sie etwa zehn Minuten bis hier. Du brauchst sieben bis zum Waldrand und fünf, um unsichtbar zu werden."

Tessas Mund wurde trocken. Sie hasste es, unter Druck zu stehen.

„Meine Bezahlung wird nichts sein, dass du nicht leisten kannst. Das verspreche ich." Die Hexe drehte sich wieder zu ihren Töpfen um und rührte weiter in ihren Zaubertränken.

„Also gut, ich tue es." Tessas Herz klopfte ihr bis zum Hals, denn sie war nicht glücklich über diesen erzwungenen Handel. Hexen waren dafür verschrien, verzweifelte Menschen in eine Menge Schwierigkeiten zu bringen.

Frau Gringe pflückte eine kleine Glasflasche von einem überladenen Brett an der Wand über dem Küchentisch. „Trink das."

Tessa zögerte, nahm dann aber allen Mut zusammen und leerte das Fläschchen mit einem Zug. Es schmeckte nach Sommer und Sonne, Kirschen und frischer Luft. Sie leckte sich die Lippen.

„Das war ausgezeichnet."

„Ich mag es nicht, wenn Zaubertränke widerlich schmecken." Frau Gringe strahlte. „Der Effekt hält vier bis fünf Tage an. Du beginnst schon, durchsichtig zu werden. Pass aber auf, dass du den Leuten aus dem Weg gehst, denn fühlen kann man dich."

Tessa nickte und warf einen Blick auf ihre Hände. Der Boden war deutlich durch sie hindurch zu sehen. Es verursachte ihr Schwindel, also sah sie zu, wie Frau Gringe ein paar Kräuter in den neu aufgehängten Topf gab und anschließend den herunter nahm, den sie zuvor zum Abkühlen zur Seite geschoben hatte. Die alte Frau stellte den Topf auf den Tisch, holte sich einen Holzlöffel und ein Schälchen und füllte es mit Haferbrei. Tessas Magen knurrte. Immerhin hatte sie gestern nicht gerade viel gegessen.

In dem Augenblick hämmerte eine Faust gegen ihre Tür.

„Öffnen Sie, im Namen des Prinzregenten."

Als Frau Gringe sich nicht bewegte, zog Tessa eine Augenbraue in die Höhe. Die Hexe winkte sie zur Tür mit einem Grinsen im Gesicht. Natürlich! Sie wollte die Soldaten einschüchtern. Lächelnd schwang Tessa die Tür so auf, dass sie vor den Blicken der Soldaten geschützt war, und trat zur Seite, damit die Besucher eintreten konnten. Sonnenlicht flutete den Raum, und die kalte Luft mischte sich mit dem Dampf aus den Kochtöpfen. Entsetzt starrte Tessa auf ihre Hand, die immer noch halb zu sehen war. *Mist*, dachte sie. *Der Zaubertrank hat nicht ganz gewirkt.* Sie versteckte sich, so gut es ging, hinter der Tür.

„Kann ich Ihnen helfen, meine Herren?" Frau Gringe legte ihren Löffel zur Seite und winkte die Männer herein. Die beiden Soldaten gehorchten eindeutig widerwillig, die Augen vor Angst geweitet.

„Ähm, wir…", begann der eine.

„Uns-wurde-befohlen,-Euer-Haus-nach-der-verschwundenen-Mechanikerin-zu-durchsuchen", stieß der zweite in einem einzigen Atemzug aus.

„Macht nur. Ich darf doch mein Frühstück beenden, während ihr sucht, oder?" Frau Gringes Höflichkeit schien die beiden Soldaten noch nervöser zu machen. „Macht aber keine Unordnung, sonst kann ich recht ungemütlich werden."

Beide Soldaten schluckten, und Tessa presste sich die Hand vor den Mund, um nicht zu lachen. Während der nächsten halben Stunde durchsuchten die beiden Männer das winzige Haus sehr gründlich, stellten dabei aber jedes einzelne Glas zurück, schlossen jede Schublade und jede Tür. Tessa versteckte sich, so gut es ging, hinter der geöffneten Haustür. Es störte und verängstige sie, dass ihr Körper nur halb unsichtbar war, aber sie konnte Frau Gringe nicht um Rat fragen. Die Soldaten hätten sie gehört. Schließlich hatten die beiden jedes noch so kleine Löchlein untersucht und wandten sich zum Gehen.

„Vielen Dank für Eure Kooperation", sagte der erste Soldat und trat zur Tür. Mit dem Griff in der Hand sah er über die Schulter zu seinem Kameraden. „Hast du hinter diese Tür geguckt?"

Der zweite Soldat schüttelte den Kopf.

*Jetzt bin ich dran*, dachte Tessa. *Ich kann mich auf keinen Fall unbemerkt an ihm vorbei quetschen.* Die Tür schwang von ihr weg, und der Soldat starrte genau die Stelle an, an der sie stand. Sie betete, dass er ihren halb durchsichtigen Körper für einen Trick des Lichts halten würde und hielt die Luft an.

„Hier ist niemand." Die Tür schwang zurück.

„Das war auch nicht zu erwarten", sagte der zweite Mann zu seinem Kameraden. „Warum sollte sich eine Mechanikerin mit einer Hexe verbünden? Sie sind nicht gerade dafür bekannt, dass sie gut miteinander auskommen."

Der andere lachte, und sie gingen. Tessa wartete bis ihre Schritte verklangen. Erleichtert schloss sie die Tür hinter ihnen.

„Ah, da bist du, Kleine. Das hast du gut gemacht." Frau Gringe stand auf und legte ihre Schale in ein kleines Waschbecken auf der anderen Seite ihrer Küche. „Sieht so aus, als hätte alles gut geklappt."

„Ich bin immer noch halb zu sehen." Tessas Stimme klang anklagend.

„Nur für dich selbst. Glaub mir, es ist unglaublich anstrengend, etwas zu tun, wenn du deine eigenen Hände nicht sehen kannst. Darum habe ich den Zauber entsprechend angepasst. Für mich und jeden anderen Menschen bist du vollständig unsichtbar." Mit einer Hand auf der Spüle drehte sie sich ein Stück zu Tessa um. „Übrigens ist deine Schmerzmedizin fertig. Solltest du sie nicht zu dem bringen, der sie braucht?"

Tessa nickte, erinnerte sich daran, dass die Hexe das nicht sehen konnte, und sagte: „Ja." In dem Moment begriff sie, dass, wenn sich jemand mit Flüchen auskannte, es die Hexe sein musste.

„Sagen Sie, gibt es einen Weg einen Fluch zu brechen?"

„Selbstverständlich. Es gibt immer einen Weg." Frau Gringe füllte ein Fläschchen mit dem Trank, den sie für Tessa gebraut hatte und reichte ihn ihr. Dann setzte sie sich wieder an ihren Tisch und zeigte einladend auf den zweiten Stuhl. „Jeder Fluch enthält etwas, wodurch er außer Kraft gesetzt werden kann. Erinnerst du dich an das Mädchen im übernächsten Königreich, von dem es heißt, es hätte hundert Jahre geschlafen?"

„Sie meinen also wahre Liebe würde alle Flüche brechen?" Tessa setzte sich zu ihr an den Tisch.

„Es bricht viele Flüche, aber einige sind komplizierter."

„Was würden Sie tun, um einen Fluch zu brechen?" Tessa beugte sich vor und starrte die Hexe an, was diese zum Glück nicht sehen konnte.

„Das hängt von dem jeweiligen Spruch ab. Warum? Willst du etwa die Hütte im Wald von ihrem Fluch befreien? Das wäre ein tolles Versteck für dich, allerdings ist dieser Fluch wirklich eine harte Nuss."

Tessas Finger wurden kalt. Woher wusste die Hexe von der Hütte im Wald? Wusste sie auch von dem König? Ihre Stimme war rau, als sie fragte, warum der Fluch, der auf der Hütte lastete, so schwer zu brechen sei.

„Da ist ein Experiment schief gegangen, und so etwas ist meistens schwerer zu brechen als andere Flüche." Frau Gringe seufzte. „Als ich noch jung war lehrte mich die frühere Dorfzauberin, meine Mentorin, mit Flüchen umzugehen, indem sie mich verschiedene ausprobieren ließ. Selbstverständlich benutzten wir für unsere Experimente keine Menschen, nur Tiere und Dinge. Der Fluch auf der Hütte sollte mein größter Erfolg werden, und wurde es auch zum Teil. Außer dass es mir nie gelungen ist, ihn wieder aufzuheben."

„Was muss man tun, um den Zauber zu lösen?" Tessa wagte es kaum zu atmen. Prinz Jasper und Prinzessin Rosalind würden sicher begeistert sein, wenn sie erfuhren, wie sie erlöst werden konnten.

„Ich habe die Hütte so verflucht, dass jeder, der die Nacht dort bleibt, zum Tier wird. Um diesen Fluch zu brechen müsste jemand eine ganze Nacht dort verbringen, ohne sich zu verwandeln. Ich ahnte, dass das eine unmögliche Bedingung war, aber hatte wirklich geglaubt, ich könnte den Fluch hinterher wieder auflösen. Leider kann ich die Hütte jetzt nicht einmal mehr zerstören." Frau Gringe wischte sich über das Gesicht. Mit einem Mal sah sie alt und müde aus.

Tessa runzelte die Stirn. König Thomas war in der Hütte gewesen ... und das mehr als eine Nacht. Wie kam es, dass er nicht, wie seine Geschwister, verwandelt worden war? Sie traute sich aber nicht, diese Frage zu stellen. Sie wollte nicht, dass Frau Gringe vom König erfuhr. Sie war sich sicher, dass sie das gar nicht gut finden würde. Sie streckte die Hand aus und berührte die alte Frau am Arm.

„Danke für die Hilfe."

„Vergiss nicht, dass du mir einen Gefallen schuldest", die Hexe lächelte.

Trotz ihres Mitleids für die alte Frau, wurde Tessas Herz kalt. Sie würde die Hexe eben austricksen müssen, wenn der Gefallen etwas beinhaltete, dass sie nicht tun wollte. Im Augenblick hatte sie dringendere Probleme. Außerdem verkrampfte sich ihr Magen bereits vor Hunger und sie kämpfte darum, nicht zu gähnen.

„Ist es für mich sicher, nach Hause zu gehen?"

„Deine Eltern werden sich vermutlich gewaltig erschrecken, wenn sie es merken. Aber ich erlaube dir, ihnen von deiner Unsichtbarkeit zu erzählen. Verpflichte sie, darüber zu schweigen, sonst wollen all die liebeskranken Jungs so einen Trank haben."

Tessa dankte der Hexe noch einmal und eilte nach Hause. Zwei Soldaten bewachten die Vorder- und Hintereingänge zu ihrem Elternhaus sowie zur Schmiede. Sie ging an ihnen vorbei, ohne gesehen zu werden und fühlte sich großartig dabei. Sie stibitzte sich einen Apfel aus der Küche und ging nach oben in ihr Zimmer, wo sie sich aufs Bett fallen ließ. Es gelang ihr kaum, den Apfel ganz aufzuessen, bevor die Müdigkeit sie übermannte.

Sie erwachte mit knurrendem Magen. Der Duft von kochenden Kartoffeln hing in der Luft. Für einen Moment lag sie einfach nur so da, dann fielen ihr die Soldaten wieder ein und der König. Warum war er nicht in ein Tier verwandelt worden? Die Tatsache, dass sich seine Geschwister verwandelt hatten zeigte, dass er Fluch noch wirksam war. Da fielen ihr die Worte des Prinzregenten wieder ein. Hatte er nicht gesagt, er hätte den Fluch des Königs an die Hütte gekoppelt? Was wäre, wenn ihn sein Fluch daran hinderte, sich erneut zu verwandeln? Bedeutete das etwa, dass König Thomas ebenfalls erlöst werden würde, wenn der Fluch der Hütte gebrochen würde? Ihr musste doch etwas einfallen, das ihr half ihre menschliche Gestalt zu behalten, auch wenn sie die Nacht dort verbrachte. Tessa setzte sich auf und schob sich die Haare aus dem Gesicht. Moment mal. Seit wann war es ihre Aufgabe, den König zu erlösen?

Der Geruch nach gebratenem Speck zog in ihr Zimmer, und ihr Magen beschwerte sich lautstark. Sie schob die Gedanken beiseite und schlich auf Zehenspitzen nach unten.

In der Küche fand sie ihre Mutter. Sie starrte den Tisch an, der wie immer für drei gedeckt war, und Tränen liefen ihr über die Wangen. Eine unsichtbare Hand drückte Tessas Kehle zu, so dass sie nicht reden konnte. Außerdem würde ihre Mutter wahrscheinlich furchtbar erschrecken, wenn sie jetzt sprechen würde. Sie trat an den Küchenschrank, nahm einen Stift und einen Zettel und schrieb:

*Hab keine Angst, Mutter. Ich bin unsichtbar.*

Insgeheim danke sie ihren Eltern dafür, dass sie darauf bestanden hatten, dass sie zur Schule ging. So leise sie konnte schob sie den Zettel vor ihrer Mutter auf den Tisch, die ihn ansah, ohne ihn zu bemerken. Als Tessa die schweren Schritte ihres Vaters im Flur hörte, hob die das Papier auf und hielt es ihrer Mutter direkt vor die Augen.

Überrascht griff ihre Mutter nach dem Zettel und las ihn. Ihre Augen weiteten sich und sie flüsterte: „Tessa? Bist du da?"

„Natürlich nicht." Die trostlosen Worte ihres Vaters übertönten Tessas geflüsterte Antwort. „Sieh dich doch um, Liebling. Wenn sie vernünftig ist, bleibt sie im Wald, bis die Soldaten verschwunden sind."

„Aber sie hat das hier geschrieben, und es schwebte mir direkt vor der Nase." Die Mutter reichte ihm den Zettel.

Vater studierte ihn einen Moment, dann warf er ihn ins Feuer. „Jemand veralbert dich."

„Ich bin wirklich unsichtbar." Tessa hatte genug. Sie hoffte, dass die Soldaten vor der Tür sie nicht hören konnten. „Und ich habe Hunger."

Vater wurde blass und sank auf seinen Stuhl.

„Du? Aber wie…?"

Tessa erklärte es ihm, während ihre Mutter die Teller mit Kartoffeln, Schinken und Ei füllte. Dann schlang sie ihr Essen herunter und spülte den Teller, so schnell sie konnte. Sie konnte ja nicht einfach einen benutzten Teller herumstehen lassen, der von den Soldaten entdeckt werden konnte.

„Also, was wirst du jetzt tun?" fragte Vater, als er sich genug erholt hatte, um sein eigenes Mahl zu genießen.

„Sie bleibt natürlich bei uns. Unsichtbar wird sie niemand bemerken." Mutter streichelte Tessas Arm.

„Der Zauber wird nur ein paar Tage halten. Ich muss vorher verschwunden sein. Frau Gringe hat das ziemlich deutlich gemacht." Tessa legte ihre Hand auf die ihrer Mutter, als ihr plötzlich eine Idee kam. Frau Gringes Bemerkung über das Zusammenspiel von Technik und Magie! Mit genügend technischen Geräten sollte es möglich sein, einen Zauber abzuwehren, oder nicht? Sie würde sich sofort an die Arbeit machen. „Ich brauche deine Hilfe, Vater."

„Wofür?"

„Du hast doch sicher eine Menge zu tun, oder? Könntest du das alles in ein oder zwei Tage quetschen?" Tessa stand auf und nahm ihre Lederschürze vom Haken an der Küchentür. Das Material wurde unsichtbar, sobald sie sie umband. Sehr gut. Ein Problem weniger, um das sie sich sorgen musste.

„Natürlich, aber warum?" Da er mit dem Essen fertig war, stand ihr Vater ebenfalls auf.

„Ich werde ein paar Dinge basteln müssen, die jetzt gesetzeswidrig sein dürften."

Vater öffnete und schloss den Mund, als wolle er protestieren, aber dann schloss er ihn wortlos. Er nickte.

„Wenn es dafür sorgt, dass du dann in Sicherheit bist…"

Nachdem Tessa ihrem Vater gezeigt hatte, was sie tun wollte, nutzte sie den Nachmittag, um zur Hütte im Wald zu eilen und König Thomas das Schmerzmittel zu geben. Der alte Mann war bereits wieder auf den Füßen und bereitete sich eine Mahlzeit aus seinen mageren Vorräten zu. Er erschrak nicht einmal, als

Tessa ihn begrüßte und ihre Unsichtbarkeit erklärte. Als sie ein Bündel mit Fleisch, Früchten und Kartoffeln auf den Tisch legte, das ihre Mutter mitgeschickt hatte, erhellte sich sein Gesicht.

„Ich werde dir für diese Hilfe auf ewig dankbar sein", sagte er.

Tessa grinste.

„Mit der Dankbarkeit eines verfluchten Königs kann man nicht viel anfangen, nicht wahr?"

„Woher weißt…" König Thomas starrte sie mit großen Augen an. „Ich kann nicht … es ist unmög…"

„Ich weiß, dass Ihr nicht darüber sprechen könnt, Majestät. Euer Onkel scheint alle Schlupflöcher bedacht zu haben." Sie verteilte für die Hühner eine Handvoll Körner in einer Ecke der Hütte. Dann setzte sie sich an den Tisch und half, die Kartoffeln zu schälen, während sie ihren Plan und die Gründe dahinter erklärte.

König Thomas wurde sehr unruhig.

„Das kann ich nicht erlauben. Es ist viel zu gefährlich. Was, wenn Sie … Sie wissen schon?" Er zeigte auf seine Geschwister. „Sie sind eine so wunderbare und mitfühlende junge Frau. Es wäre eine Verschwendung Eurer Jugend."

Wärme breitete sich in Tessas Körper aus, und sie wurde rot. Sie sah auf ihre Kartoffel herab, um seinem Blick zu entgehen. Warum mussten seine Augen auch so blau sein? Sie schienen ihr trotz ihrer Unsichtbarkeit direkt ins Herz zu sehen, als ob sie Geheimnisse kennen würden, die sie selbst noch nicht entdeckt hatte. Mit brennenden Ohren beendete sie ihre Arbeit. Als es dunkel wurde, verabschiedete sie sich und wandte sich zum Gehen.

„Bitte kommen Sie nicht zurück", sagte König Thomas. Sein faltiges Gesicht strahlte Angst aus.

„Gefällt Euch meine Gesellschaft nicht?" Tessa wusste, dass ihr Versuch, die Situation auf die leichte Schulter zu nehmen, nicht funktionierte. Sie spürte die Angst des Königs als wäre es ihre eigene – und vielleicht war sie das.

„Das ist es nicht." Er tastete solange herum, bis her seine Hand auf ihren Arm legen konnte. Eine Hitzewelle schoss durch ihren Körper.

Sie konnte sich nicht verlie … auf keinen Fall … unmöglich. Er war uralt! Tessa schluckte das Pochen ihres Herzens hinunter und sagte: „Ich werde vorsichtig sein, versprochen. Aber dieses Land braucht seinen König, und ich bin derzeit die Einzige, die weiß, wo er ist."

Die Schultern des alten Mannes sanken herab, und er verabschiedete sie. So oft sie sich auch zur Hütte umsah, stets stand er bewegungslos da.

Drei Tage lang arbeiten Tessa und ihr Vater Seite an Seite in der Schmiede. Immer, wenn einer der Soldaten hereinsah, legte Tessa ihren Hammer beiseite und wartete, bis er gegangen war. Nicht einer von ihnen schien zu merken, dass ihr Vater viel mehr Material benutzte, als ein einzelner Handwerker brauchte.

Tessa erschuf ein mechanisches Spielzeug, wie sie noch keines zuvor erfunden hatte. Tagsüber schmiedete sie die Teile, und nahm sie dann mit in ihr Zimmer, wo sie sie nachts zusammensetzte. Der Apparat, den sie baute, war groß genug, dass sie hineinschlüpfen konnte und enthielt viele verschiedene Geräte. Manche konnten Musik machen, andere würden sie zwicken, wenn ihre Körperspannung zu sehr nachlassen sollte. Ein automatisiertes System aus Kolben, einer kleinen Dampfmaschine, Zahnrädern und Stangen würde ihren Körper in Bewegung halten, selbst wenn sie dazu zu müde war. Tessa freute es am meisten, dass der Apparat unsichtbar wurde, wenn sie ihn anzog. Frau Gringes Zauber war wahrscheinlich den Gefallen wert, den sie ihr schuldete.

Während Tessa immer mehr Geräte zu dem Apparat hinzufügte – je mehr desto besser – dachte sie über einen Weg nach, wie sie ihre Erfindung testen konnte. Am besten sollte sie wohl Frau Gringe die ganze Geschichte erzählen. Ihr

Magen verkrampfte sich bei der Idee. Konnte man der Hexe das Geheimnis des Königs wirklich anvertrauen? Was wäre, wenn sie den Fluch selbst brechen wollte? König Thomas wäre vermutlich so dankbar, dass er sie trotz des Altersunterschieds heiraten würde. Wäre eine Hexe auf dem Thron besser als ein Zauberer als König? Tessa versuchte, das Gefühl der Verzweiflung abzuschütteln. Es spielte keine Rolle, wer den König erlöste, solange es nur geschah. Wenn Frau Gringe einen Weg wusste würde ihr Tessa die Belohnung nicht neiden, die ihr der König zuteil werden lassen würde. Frau Gringe hatte gezeigt, dass sie ihre Freundin war. Sie wäre sicherlich eine gute Königin.

Tessa atmete tief durch und vergrub ihre Sorge tief in ihrem Herzen. Sie brauchte die Hilfe von Frau Gringe, um festzustellen, ob ihr Apparat sie beschützen konnte. Es würde dem König nicht helfen, wenn sie ebenfalls zum Tier wurde.

Tessa brachte ihre Mutter dazu, so zu tun, als wäre sie krank, damit Frau Gringe einen unauffälligen Grund für einen Besuch hatte. Sobald sie da war, zogen sie sich in Tessas Zimmer zurück. Dort zeigte Tessa ihr den Apparat, erzählte ihr von König Thomas und seinen Geschwistern, und erklärte ihren Plan. Dann aktivierte sie ihre Maschine, ohne sie anzuziehen. Das Gerät bewegte sich durch den Raum und hinterließ eine Spur winziger weißer Rauchwolken. Das leise Puffen der Dampfmaschine wurde von dem Hämmern aus der Schmiede übertönt.

„Ich denke, das wird wahrscheinlich funktionieren." Frau Gringes Gesicht erhellte sich. „Ich wusste ja gar nicht, was für ein Genie du bist, Tessa. Lass es uns ausprobieren." Sie berührte ihre Stirn mit den Fingerspitzen, senkte sie und blies über sie hinweg. Ein weißer Feuerball schoss auf den Apparat zu. Er zerplatzte in tausend Funken, die davon wirbelten und verglühten. „Ich habe ihm befohlen, zu explodieren, und das ist nicht passiert. Sehr ermutigend. Jetzt zieh es mal an, damit ich einen Fluch an dir ausprobieren kann."

Tessa schluckte.

„Was ist, wenn es mich nicht beschützen kann?"

„Ich verwandle dich in einen Frosch", sagte Frau Gringe. „Das ist der einfachste Fluch, den ich kenne, und ich kann ihn im Schlaf wieder auflösen. Du wärst nicht einmal eine Minute lang ein Frosch. Versprochen."

Mit einem Seufzer schlüpfte Tessa in das Gerät und begann, vor dem Fenster auf und ab zugehen. Sie hatte keine Angst, gesehen zu werden, schließlich war sie unsichtbar. Während sie hin und her ging, gab sie Frau Gringe bei jeder Wendung ihre genaue Position an.

Eine zweite Lichtkugel sauste auf sie zu und stieß mit dem Apparat zusammen. Aber auch sie verpuffte wirkungslos.

„Ich probiere mal einen stärkeren Fluch", sagte Frau Gringe und schleuderte einen weiteren Ball aus Licht. Wieder passierte nichts. Die Hexe erhöhte die Stärke ihrer Flüche, bis sie keinen mehr wusste. Nichts wirkte. Schließlich nahm Tessa den Apparat ab und schaltete die Dampfmaschine aus.

„Ich glaube, du hast da etwas, mit dem der Fluch der Hütte tatsächlich gebrochen werden könnte." Frau Gringe nahm ihre Hände und schüttelte sie. „Wenn du den Fluch noch etwas stärker verwirren willst, solltest du das Ding wie ein Tier aussehen lassen."

„Das würde ein Fluch bemerken?" Tessa runzelte die Stirn. Es war merkwürdig von einem Fluch zu sprechen, als könne er denken.

„Flüche haben ihre eigenen Regeln und Grenzen", erklärte die Hexe. „Dieser hier wird ausgelöst, wenn ein Mensch versucht, über Nacht in der Hütte zu bleiben. Wenn du nicht menschlich aussiehst, könnte es sein, dass er gar nicht auslöst."

„Aber wenn er mich nicht als Mensch erkennt, wie will er dann wissen, dass ich die ganze Nacht dort war und mich nicht verwandelt habe?" fragte Tessa.

„Zieh es einfach an, wenn die Nacht kommt. Der Fluch kann nicht denken. Er wird dich als Mensch vor der Nachtruhe in der Hütte registrieren und ebenso am Morgen. Dann wird er sich auflösen. Wenn nicht, nimmst du die Verkleidung von der Maschine und bleibst einfach eine zweite Nacht."

Tessa erkannte die Wahrheit in dieser Idee. Sie konnte ruhig versuchen, den Fluch wenigstens zum Teil auszutricksen.

„Ich werde mir etwas einfallen lassen, damit die Maschine wie ein Tier aussieht."

„Und ich hole etwas, dass du mitnehmen solltest."

Ein paar Stunden später schraubte Tessa einen gehörnten Schädel an ihre Maschine und bedeckte alles mit dem Kuhfell, das sie als Teppich benutzte. Mit etwas Fantasie sah das Gerät jetzt aus wie eine etwas eckige, übergewichtige Kuh. Hoffentlich reichte das.

„Du wirst langsam wieder sichtbar. Verschwinde lieber", sagte Frau Gringe als sie das Zimmer betrat.

„Mist. Wie komme ich jetzt an den Wachen vorbei?" Tessa schlüpfte in ihre Kuh. „Es klappert zu laut, wenn ich mich bewege. Kannst du keinen Zauber darum legen, der die Geräusche verschluckt?"

„Du weißt, dass der nicht halten würde. Aber ich werde einen um das Haus legen. Dann kannst du zur hinteren Weide gelangen. Aus der Entfernung wird dich jeder für eine Kuh halten." Die Hexe grinste. „Und jetzt zu meinem Gefallen. Ich möchte, dass du etwas hiervon in das Essen oder in ein Getränk des Königs tropfst." Sie reichte Tessa eine kleine Glasflasche mit einer violetten Flüssigkeit.

„Was ist das?"

„Keine Angst, es wird ihm nichts tun."

„Das beantwortet meine Frage nicht, oder?" Tessa verstaute die Flasche in dem Beutel an ihrem Gürtel. „Was macht der Trank mit dem König?"

„Es bringt ihn dazu, sich für eine Weile in mich zu verlieben."
Frau Gringe wurde tatsächlich rot. „Für ein halbes Jahr, um
genau zu sein. Es ist der schwächste Liebestrank, den ich kenne."

Tessa runzelte die Stirn. Warum hatte die Hexe keinen Trank
gebraut, der länger hielt?

„Beeil dich. Du wirst immer sichtbarer. Jetzt kannst du gerade
noch unbemerkt verschwinden, aber in ein paar Minuten wird
es zu spät sein." Frau Gringe winkte mit beiden Händen. „Der
Hof ist schon mit einem Schweigezauber belegt. Du müsstest
den Wachen also entkommen können."

„Sag bitte meinen Eltern, dass ich gehen musste." Tessa
dankte ihr und eilte die Treppe hinunter. Ihre Erfindung
schepperte und klapperte um sie herum, doch als sie das Haus
verließ, konnte sie nicht einmal ihre eigenen Schritte hören. Als
sie den Stall erreichte, kletterte sie über den Zaun zur Kuhweide
und machte sich auf den Weg zur anderen Seite der Wiese, wo
der Wald begann. So gut wie möglich versuchte sie, den Stall
zwischen sich und dem Hof zu halten. So hoffte sie, für die
Wachen weitestgehend verdeckt zu bleiben. Als sie merkte, dass
der Schweigezauber dünner wurde, ging sie langsamer, um die
Geräusche zu minimieren. Das klappte gut. Schaukelnd wie
eine Kuh schlich sie langsam über die Wiese.

„Hört den Gesandten des Königs!" Eine magisch verstärkte
Stimme dröhnte durch das Dorf. Der königliche Herold musste
gekommen sein. Tessa war froh, dass sie entwischt war, bevor
er jedes einzelne Haus des Dorfes betrat, wie es seine Aufgabe
war. Sein privater Zauberer hätte sie vermutlich sofort bemerkt,
und falls nicht hätte sie keine Gelegenheit gehabt, sich zu
verdrücken, bevor der Unsichtbarkeitszauber nachließ. Die
Stimme im Dorf dröhnte weiter, laut genug, um am Waldrand
einen Schwarm Vögel aufzuscheuchen.

„Seit drei Jahren, drei Monaten und drei Tagen gibt es
von König Thomas dem Friedfertigen keine Spur. Das ganze
Königreich betrauert seither seinen Verlust. Doch jauchzet und

frohlocket, denn ein neuer König hat den Thron bestiegen. Feiert die Krönung von König Jorge dem Machtvollen."

Also hatte der Prinzregent endlich, was er wollte. Tessa kletterte über den hinteren Zaun und schlüpfte zwischen die Bäume. Sie fragte sich, was geschehen würde, wenn der rechtmäßige König zurückkehrte. Auf welchen der beiden würden die Wachen hören? Was wäre, wenn sie den ehemaligen Prinzregenten unterstützten? Tessa schob ihre Sorge beiseite und konzentrierte sich auf den ersten Schritt ihres Plans. Zuerst einmal musste sie ihre Erfindung unbeschädigt zur Hütte bringen.

Als sie die Lichtung mit der Hütte erreichte, war Tessa schweißgebadet. Sie hatte nicht in Betracht gezogen, wie schwer ihr Panzer mit der Zeit werden würde. Schwer atmend setzte sie sich auf die wackelige Bank vor der Hütte und sah zu, wie der Himmel dunkler wurde; nicht mehr lange bis zum Einbruch der Nacht. Zum Glück hatte sie es rechtzeitig geschafft.

„Und ich habe doch etwas gehört." Die Tür ging auf, König Thomas sah heraus und seine Augenbrauen hoben sich. „Was im Himmel ist das?"

„Nur ich." Tessa schlüpfte aus dem Panzer und lächelte den König an. Trotz der Entfernung ließen seine himmelblauen Augen ihre Knie zittern. Als sie sich gefangen hatte, nahm sie ihr Zeug und trug es am König vorbei in die Hütte. „Ich bin hier, um den Fluch zu brechen, der auf Ihnen lastet."

„Das geht nicht. Es ist gleich dunkel." Der König eilte ihr nach und packte ihren Arm. „Du musst sofort gehen."

„Ich habe die letzten Tage wie verrückt gearbeitet und bin mir ziemlich sicher, dass ich Euch erlösen kann." Tessa stellte ihre Erfindung auf dem Boden neben den Hühnern ab. Jetzt wirkte der Raum wie die Vorlage für ein Gemälde eines alten Bauernhofs. Sie wandte sich an den König. „Ich werde nicht gehen, und Ihr könnt mich nicht zwingen. Im Augenblick seid ihr nicht länger Herrscher dieses Königreichs."

König Thomas Mund klappte auf.

„Hat Jorge…"

Tessa nickte und bemerkte wie sich das Gesicht des Königs verdunkelte. Schweigend setzte er sich an den Tisch. Ein Teller mit dampfenden Kartoffeln stand dort, aber er schien ihn nicht zu sehen.

„Wenn ich die Hütte nur verlassen könnte", sagte er. „Ich bin mir sicher, dass mich einige Menschen erkennen würden, wenn ich es könnte."

Tessa lächelte ihn an.

„Lassen Sie uns erst einmal etwas essen. Danach werde ich mein Möglichstes tun."

„Greif nur zu. Ich habe keinen Hunger mehr." Der König schob seinen Teller beiseite und sah zu ihr auf. Da lag etwas in seinem Blick, das Tessa für Sorge hielt. Ihr Magen fühlte sich an, als würde er Purzelbäume schlagen. *Das ist nur, weil ich eine seiner Untertanen bin,* wies sie sich zurecht. *Hör auf, dich wie ein Backfisch zu benehmen.* Da sie vom Tragen der schweren Ausrüstung ziemlich hungrig war, setzte sie sich auf einen Hocker und aß die Kartoffeln. Sie sah dem Hahn und der Henne zu, die auf ihrem kuhförmigen Apparat herumhüpften. Wenn er so funktionierte, wie geplant, würden die beiden am Morgen ihre wahre Gestalt zurückbekommen. Sie gähnte. Die Erfindung zu schleppen hatte sie stärker erschöpft als erwartet. Hoffentlich würde es ihr gelingen, wach zu bleiben. Sie hatte keine Lust, eine echte Kuh zu werden.

Die ganze Zeit bemühte sich König Thomas, Tessa davon zu überzeugen zu gehen. Einmal versuchte er sogar, sie aus der Hütte zu schieben, doch sein alter, zerbrechlicher Körper hatte dafür nicht genug Kraft. Sobald es dunkel geworden war beendete sie seinen Protest, indem sie ihren Panzer anlegte.

„Und, sehe ich aus wie eine Kuh?", fragte sie lächelnd.

„Du wirst nie wie eine Kuh aussehen", sagte der König. „Ganz egal, was du anziehst, deine Schönheit wird immer zu sehen sein. Bitte geh. Ich ertrage den Gedanken nicht, dass der Fluch auch dich trifft. Reicht es nicht, dass meine Geschwister und…" Seine Stimme verklang wie immer, wenn er über den Zauber sprechen wollte, der auf ihm lastete.

„Wenn ich gehe, kann ich den Fluch nicht brechen." Tessa fühlte sich, als hätte sie dieses Argument schon eine Millionen Mal vorgebracht. Sie startete die Dampfmaschine in ihrem Apparat. Sie war so klein, dass sie nicht erst aufgewärmt werden musste, wie es bei großen Maschinen der Fall war. „Sie sollten sich hinlegen, während ich über Sie wache."

„Das kann ich nicht. Nicht, wenn du in der Hütte bist." König Thomas verschränkte die Arme vor der Brust. Die Henne, Prinzessin Rosalind, hüpfte auf sein Knie und gluckste ihn an. Mit Tränen in den Augen streichelte er ihr Gefieder. „Ich wünschte ich könnte verstehen, was du sagst."

Der Hahn flatterte aufs Bettende und krähte. Der König sah ihn an und dann wieder die Henne, die immer noch kollerte und dabei von seinem rechten auf sein linkes Bein und zurück hüpfte.

„Ihr wollt, dass ich zu Bett gehe?"

Die Henne nickte. Mit einem Seufzer stand der König auf, und seine Schwester flatterte zum Bett, wo sie sich neben dem Hahn niederließ. Bevor der König die beiden erreichte, sank er in sich zusammen. Im letzten Moment fing Tessa ihn auf. Er schnarchte leise. So vorsichtig sie konnte, legte sie ihn auf die fadenscheinige Decke, die den Strohsack bedeckte, der als Matratze diente. Für einen Moment betrachtete sie sein schlafendes Gesicht, dann stand sie auf und nahm ihre Nachtwache auf.

Sie gähnte. Es war ein langer, harter Tag gewesen. Obwohl die Maschine sie zwang, durch das Zimmer zu gehen, spürte sie ihre Augenlider schwer werden. *Ich kann jetzt nicht schlafen*, dachte sie. *Ich darf nicht*. Erneut gähnte sie.

„Autsch!" Der Apparat hatte sie in die Wange gezwickt und ihr etwas Wasser ins Gesicht gespritzt. Beides belebte ihre Sinne. Sie betrachtete die drei Schatten auf dem Bett. Irgendwie wirkten sie größer als vorher. Sie trat näher und bemerkte, dass die Hühner zu wachsen schienen. Als sie neben dem Bett stand, den Gang ihres Panzers kurzfristig im Leerlauf, damit sie einen Moment an einer Stelle bleiben konnte, hatten die beiden ihre menschliche Form zurück. Geschah das jede Nacht oder war es das erste Zeichen von Erfolg? Sie wusste es nicht. Ihr Blick fiel auf den König. Seine Haut straffte sich, seine Haare gewannen an Farbe und die Muskeln seines Körpers wurden runder, kräftiger. Wenig später sah sie auf den attraktivsten Mann herab, den sie je gesehen hatte. Sinnliche Lippen guckten durch einen blonden Bart und die Locken seiner langen Haare klebten ihm an der Stirn. Mehr als drei Jahre in dieser Waldhütte ohne je einen Barbier zu sehen, hatten ihre Spuren hinterlassen. Trotzdem gefiel Tessa, was sie sah. Er wirkte sanft und es gab kein Gramm Fett an seinem kräftig gebauten Körper. Ihre Knie wurden weich. Warum musste er so gut aussehen? Schnellstens legte sie den Gang an ihrem Apparat wieder ein und wanderte erneut herum. Der Morgen war noch weit weg.

Sie wanderte und kämpfte dabei gegen ihre Müdigkeit. Es fiel ihr immer schwerer, die Augen offen zu halten. Mehr als einmal retteten sie Kniffe und ein Sprühnebel aus Wasser. Je müder ihr Körper wurde, desto stärker drückte der Fluch auf die Atmosphäre im Raum. Sie öffnete ein Fenster, um frische Luft hereinzulassen, was ein wenig half. Trotzdem konnte sie nicht aufhören zu gähnen. Bald sahen ihre Füße so aus, als hätten sie sich bereits in Hufe verwandelt. So schnell sie konnte zog sie alle Apparaturen, Automaten und Uhrwerke auf, die sie der Erfindung beigefügt hatte. Das Einzige, das sie davor bewahren konnte, sich in eine Kuh zu verwandeln, war ihre Ausrüstung. Die Geräte um sie herum klickten und zischten und tickten und klingelten. Der Druck des Fluches ließ nach. Erleichtert bemerkte sie, dass ihre Füße wieder normal aussahen.

Das Adrenalin, das jetzt durch ihre Adern pumpte hielt sie zunächst wach. Doch als es abgebaut war, kehrte ihre Müdigkeit doppelt stark zurück. *Ich darf nicht einschlafen.* Tessa versuchte sich an Hausarbeit, fand es aber schwieriger, sich zu konzentrieren, wenn sie an einer Stelle stand. So müde wie sie war, glaubte sie, den Fluch wie eine silberne Decke über den drei Schläfern zu erkennen. Fäden griffen nach ihr. Zum Glück rutschten sie jedes Mal ab, wenn sie versuchten, ihren Panzer zu greifen. Um sicher zu gehen, dass das so blieb, zog sie alle Geräte noch einmal auf.

Gegen Morgen ließ das silberne Glänzen immer mehr nach. Je heller der Himmel vor dem schmutzigen Fenster wurde, desto schwächer war das Licht des Fluchs. Tessa war sich nicht länger sicher, ob sie sich das, was sie sah, nur einbildete oder ob sie wirklich den Fluch der Hexe erkennen konnte, aber es spielte auch keine Rolle mehr. Die Kinder auf dem Bett waren nach wie vor Menschen, also hatte ihre Nachtwache wohl ihren Zweck erfüllt. Trotzdem würde sie sicherheitshalber den Sonnenaufgang abwarten, bevor sie ihre Ausrüstung ablegte.

Prinzessin Rosalind streckte sich, wobei sie ihrem Bruder gegen die Schulter boxte. Sie hielt inne, ihre Augen flogen auf, und sie sprang vom Bett. Sie schlang die Arme um Tessas Apparat, so gut es ging.

„Du hast es geschafft! Ich bin wieder ich." Sie rannte zum Bett zurück und schüttelte ihren Bruder. „Jasper. Jasper, wach auf. Wir sind wieder Menschen."

Jasper erhob sich halb und rieb sich die Augen, während er sie ansah, ohne zu verstehen.

„Thomas. Steh auf!" Prinzessin Rosalind schüttelte auch seine Schulter, aber er bewegte sich nicht. Sie sah zu Tessa. „Was stimmt denn mit ihm nicht? Du hast den Fluch gebrochen. Warum steht er nicht auf. Kannst du nichts tun?"

Tessa grinste. Sie fragte sich, wie sie hatte vergessen können, wie viel die Prinzessin redete.

„Wisch ihm das Gesicht mal mit einem feuchten Tuch ab. Das sollte ihn wecken."

Prinzessin Rosalind rannte aus der Hütte und kam mit einem Eimer Wasser zurück, den sie ohne Warnung über dem Kopf ihres Bruders auskippte. Tessa konnte sie nicht aufhalten. Sie trat einen Schritt zurück und wartete auf das Geschrei, das der König sicherlich machen würde. Dabei stieß sie mit ihrem unförmigen Apparat gegen die Wand. Sie hielt die Luft an, aber König Thomas drehte sich nur ein wenig im Schlaf. Er blinzelte nicht einmal. Mit sinkendem Herzen nahm Tessa ihren Panzer ab und ging zum Bett.

„Es sieht so aus, als hättet Ihr nur den Zauber gebrochen, der uns in Tiere verwandelte, aber nicht den, der Thomas an diese Hütte bindet", sagte Prinz Jasper gähnend. Er rutschte vom Bett und legte seinen Arm um Prinzessin Rosalind, die ihren schlafenden Bruder mit großen Augen und ausnahmsweise schweigend anstarrte.

Tessa schluckte.

„Ich habe keine Ahnung, was wir tun können."

„Wie wäre es mit dem üblichen Kuss einer Jungfrau?" schlug Prinz Jasper vor. Sofort trat Prinzessin Rosalind vor und küsste den König auf den Mund. Jasper lächelte traurig. „Ich glaube kaum, dass ihn der Kuss seiner Schwester wecken kann."

Als die beiden sie ansahen, wurden Tessas Hände kalt, und ihre Ohren brannten.

„Aber ich … ich kann doch nicht … Ich meine, ich…" Sie versuchte noch weiter zurückzutreten, aber die Wand war im Weg. Sie konnte doch den König nicht ohne seine Erlaubnis küssen. Unmöglich. Das wäre überaus dumm von ihr. Was, wenn er davon aufwachte und es merkte? *Aber das ist genau das, was wir erreichen wollen*, flüsterte eine Stimme in ihrem Kopf. *Außerdem hast du dich sowieso längst in ihn verliebt.*

*Hab ich nicht*, dachte Tessa. *Hab ich nicht, hab ich nicht, hab ich nicht!* Sie glaubte nicht an Liebe auf den ersten Blick. Man musste sich zuerst kennenlernen. Aber sie musste sich eingestehen, dass König Thomas bisher der freundlichste Mann gewesen war, den sie je kennengelernt hatte, und der am besten aussehende. Selbst als er versucht hatte, sie loszuwerden war er behutsam vorgegangen. Sie nahm allen Mut zusammen, trat ans Bett und beugte sich über den schlafenden König.

Die Haare seines Bartes zitterten von seinem Atem.

Tessa riss sich zusammen, schloss die Augen und presste ihren Mund gegen seinen. Der Bart kitzelte ihre Lippen, und eine Hitzewelle raste durch ihren Körper. Sie sehnte sich danach, Haut an Haut neben dem König zu liegen. Mit einem erschrockenen Atemzug riss sie sich los und trat zurück. *Das hätte ich nicht tun sollen. Wirklich nicht …*

„Ich hatte den schönsten Traum meines Lebens." Der König gähnte, streckte sich und setzte sich auf. Als er Tessa sah, hellte sich sein Gesicht auf. „Du bist nicht verhext!" Sein Blick wanderte zu seinen Geschwistern. „Und du hast den Fluch gebrochen. Wie kann ich das je wieder gut machen?"

Bevor Tessa antworten konnte, sagte Prinzessin Rosalind: „Ich verhungere. Kannst du uns etwas zu essen machen? Nach all den Jahren kannst du doch kochen, oder?"

Prinz Jasper lachte, drehte sich um und begann, den Tisch mit dem wenigen Geschirr zu decken, das sie hatten. König Thomas stand auf und nahm Tessas Hände. Wärme breitete sich von seinen Fingern durch ihren Körper aus, aber sie war zu geschockt, um sich loszureißen.

„Danke für die Rettung meiner Familie Was auch immer du dir wünschst, du wirst es bekommen."

„Wir müssen uns immer noch um Onkel Jorge kümmern", sagte Prinzessin Rosalind, setzte sich auf den einzigen Stuhl in der Hütte und schnappte sich eine Scheibe Brot und etwas Käse. „Wir sollten ihn köpfen lassen."

„Wir können niemanden aus der königlichen Familie hinrichten." Prinz Jasper schüttelte den Kopf und reichte Brot und Käse an Tessa und den König weiter.

Schnell zog sie ihre Hände aus denen des Königs und nahm sich ihren Teil.

„Ich würde gerne einen Tee dazu trinken", sagte der König und beeilte sich, die Glut im Herd wieder zu entfachen. Wenig später saßen sie, wo immer sie Platz gefunden hatten, aßen und tranken Kräutertee. Tessa musste zugeben, dass sie genau das nach der langen, anstrengenden Nacht brauchte. Sie gähnte immer wieder.

„Ich weiß, was Tessa als allererstes will", sagte Prinzessin Rosalind mit vollem Mund. Ihre Brüder sahen sie an, aber sie wartete nicht auf ihre Frage. „Ausreichend Schlaf in einem weichen Bett."

Alle lachten. Es fühlte sich gut an, die Anspannung loszuwerden, obwohl Tessa zugeben musste, dass ein weiches oder irgendein anderes Bett, im Augenblick höchst verlockend war.

Die Tür knallte gegen die Wand, und vier Soldaten stürmten mit gesenkten Lanzen herein. Ihnen folgte ein Hauptmann der königlichen Garde.

„Ihr seid wegen Hochverrats verhaftet", knurrte er den König an. „Fesselt den Doppelgänger."

„Ich hätte nicht gedacht, dass Ihr nachtragend wärt, Sir Ruthbert. Sich mit meinem Onkel zu verbünden, nur weil ich Euch bei einer Beförderung übergangen habe?" König Thomas starrte ihn unbewegt an, während ihm eine der Wachen Metallfesseln anlegte.

Sir Ruthbert wechselte von einem Fuß auf den anderen, antwortete aber nicht und nahm auch seinen Befehl nicht zurück. Eine weitere Person trat ein.

„So, so. Also hatte ich doch recht. Irgendjemand hat meinen unlösbaren Fluch gebrochen. Wirklich bemerkenswert." König

Jorge trat vor und nahm Tessas Unterkiefer in die rechte Hand. Er starrte ihr in die Augen, und sie erzitterte unter dem eisigen Blick. Er wandte sich an Sir Ruthbert. „Ich bin höchst unzufrieden mit der Tatsache, dass eine Mechanikerin überlebt hat."

Der Ritter wand sich.

„Wir haben ihr Heimatdorf und die umliegenden Höfe komplett durchsucht, aber im Wald gibt es viele Versteckmöglichkeiten."

„Ach, und das Teil hat sie wohl mitten im Wald gebaut, ohne Werkzeuge, Feuer und Eisen, was?" Eine senkrechte Falte bildete sich zwischen König Jorges Augenbrauen. „Danke deinem Gott, dass wir sie hier gefunden haben."

Sir Ruthbert schluckte.

„Was werdet Ihr jetzt mit den Gefangenen machen?"

„Ist das nicht offensichtlich? Ich stelle sicher, dass sie mich nie wieder belästigen werden." Er winkte den Soldaten, und sie stellten die Gefesselten in einer Reihe an der Wand auf. Dann setzte er sich auf den Stuhl und betrachtete das Essen auf dem Tisch. Er zog eine Grimasse. „Das sieht so … gewöhnlich aus. Aber der Tee riecht gut." Er drehte sich zu Tessa um. „Schlampe, gieß mir welchen ein!"

Die Wache an ihrer Seite schubste sie zum Tisch. Sie nahm einen Becher, ging zum Wassereimer neben dem Herd und wusch ihn aus. *Es muss doch etwas geben, das ich tun kann. Wenn ich nur etwas hätte, womit ich ihn betäuben könnte.* Sie zog den Teekessel näher, füllte den Becher, stellte ihn vor den Thronräuber und trat zurück zu den anderen.

„Bleib hier", befahl König Jorge und zeigte auf eine Stelle neben sich. „Ich bevorzuge es, etwas anzusehen, das hübscher ist, als dieser … Schweinkram." Er zeigte auf seine Neffen. Schweigend sah Tessa zu, wie er seinen Tee trank. Sie zermarterte sich das Hirn auf der Suche nach einem Weg aus diesem Schlamassel.

„Es ist sehr bedauerlich, dass du dich auf ihre Seite begeben hast, Rosalind. Nun werde ich dir einen Liebestrank einflößen müssen. Schließlich wollen wir meine Thronbesteigung mit einer Ehe krönen, nicht wahr?"

„Niemals!" Rosalind spuckte ihn an.

Der Liebestrank! Tessa hätte sich ohrfeigen können. Warum hatte sie daran nicht gedacht? Wenn sie Frau Gringes Liebestrank in seinen Tee getan hätte, hätte es ihn vielleicht lange genug abgelenkt, dass seine Familie hätte entkommen können. *Mist!*

„Du kannst Rosalind nicht heiraten. Sie ist noch ein Kind", protestierte König Thomas.

„Oh, ich bin geduldig. Ich kann ohne weiteres ein paar Jahre warten. Selbstverständlich wird sie bis dahin gut bewacht." Der Thronräuber leerte die Tasse und winkte Tessa damit. „Mehr. Der ist erstaunlich gut."

Tessas Herz trommelte laut in ihren Ohren, als sie sich umdrehte, um mehr Tee zu holen. Aus den Augenwinkeln blickte sie zu den Soldaten, aber deren Aufmerksamkeit galt den anderen Gefangenen und König Jorge.

„Es ist eine Schande, dass ich euch nicht töten kann. Es würde sich negativ auf meine Magie auswirken, wisst ihr?" Er seufzte. „Ich könnte euch in Frösche verwandeln, aber wir haben ja gesehen, dass euch so ein Fluch nicht davon abhalten kann, mich zu nerven. Nein, ich glaube wir brauchen eine … dauerhafte Lösung." Er tippte sich mit dem Zeigefinger gegen die Unterlippe und dachte offensichtlich nach. Da alle Augen an ihm hingen, zog Tessa schnell das Glasfläschchen aus dem Beutel an ihrem Gürtel und leerte es in den Becher. Dann füllte sie ihn mit Tee auf. Für eine Sekunde wirbelte die violette Flüssigkeit durch das warme Getränk, dann nahmen die vermischten Flüssigkeiten eine einheitliche Farbe an. Erleichtert trug Tessa den Becher zu König Jorge und hoffte, dass er keinen Unterschied schmecken würde.

„Ich denke, ich werde euch die Zungen herausschneiden lassen und in die Sklaverei verkaufen. Im Süden gibt es ein paar Stämme, die blonde Männer lieben." Mit einem bösartigen Grinsen nahm König Jorge den Becher und trank. „Dieser Tee ist wirklich gut. Wie schade, dass ich dich töten lassen muss."

„König Thomas hat den Tee gekocht", sagte Tessa. Nicht, dass es wichtig war, aber es würde dem Zaubertrank etwas mehr Zeit geben, seine Wirkung zu entfalten.

„Interessant." König Jorge grinste seinen Neffen an. „Ich bin mir sicher, dass das deine neuen Meisters sehr zu schätzen wissen werden. Wie ich hörte trinken sie sehr viel T…" Sein Mund klappte auf, und er griff sich an die Brust. Der Stuhl knallte gegen die Wand, als er aufsprang und Tessas Schultern packte. Er schüttelte sie heftig. „Was hast du in den Tee getan?"

Selbst wenn sie gewollt hätte, hätte Tessa nicht antworten können. Ihr Kopf ruckte vor und zurück, und es war schwer für sie, ihre Zunge von den Zähnen fern zu halten. Die Attacke hörte auf, als König Thomas seine Schulter in seinen Onkel rammte. König Jorge stolperte rückwärts und landete auf dem Stuhl, der unter ihm zerbrach. In einem Berg Splitter krachte er zu Boden.

Sir Ruthbert ohrfeigte den gefesselten König, der dadurch zurückgeschleudert wurde und gegen die Wand prallte, wo er das Bewusstsein verlor und zu Boden sank.

„An deinen Platz, Schwein."

König Jorge setzte sich auf und griff sich erneut an die Brust. Mit gerunzelter Stirn sah er zu Tessa auf.

„Das war ein Liebestrank, oder?"

Sie nickte.

„Du bist keine Hexe. Also welche verfluchte Zick…" Sein Gesicht entspannte sich und nahm einen schwärmerischen Ausdruck an, nur um sich gleich danach wieder vor Wut zu verzerren. Die Soldaten beeilten sich, ihm auf die Beine zu helfen. Tessa schubste Prinzessin Rosalind und Prinz Jasper in

Richtung Tür. Sie bückte sich, um König Thomas zu helfen, der noch bewusstlos war. Sie hatte ihn kaum in eine sitzende Position gebracht, als Sir Ruthbert Rosalind und Jasper wortlos zu ihr zurück schleuderte. Dann winkte er die Wachen beiseite und nahm den Arm seines Königs.

König Jorges Augen waren blutunterlaufen, seine Haut blass, und seine Gesichtszüge verzerrt, als hätte er Schmerzen. Sein Blick bohrte sich in Tessas.

„Wer hat den Trank hergestellt? Sag es mir!"

Tessa schluckte, stand so gerade sie konnte und streckte das Kinn vor. Ihm würde sie nicht helfen Frau Gringes Zauber zu brechen. Eher würde sie sterben. Da wurde ihr klar, dass ihr Tod vermutlich genau das war, was er im Sinn hatte. Das sagte sein hasserfüllter Blick.

„Ich muss wissen, welcher Scharlatan das war." Von Sir Ruthbert unterstützt trat er einen Schritt auf sie zu, als sich seine Gesichtszüge entspannten. Sein Blick wurde schwärmerisch. „Ich muss wissen, wo meine geliebte Göttin auf mich wartet. Wie kann ich ihr meine Reverenz erweisen, wenn ich nicht einmal ihren Namen kenne?"

„Aber Herr, was wird aus Eurem Plan, Prinzessin Rosalind zu heiraten?" Sir Ruthbert schien verwirrt.

„Später, Ruthbert, später." König Jorge schob ihn beiseite und streckte sich. „Wenn wir davon ausgehen, dass diese Mechanikerin nirgendwo hingekommen ist außer in ihr eigenes Dorf, dann können wir mit genügend großer Sicherheit annehmen, dass meine Liebe ebenfalls dort lebt. Gehen wir."

Bevor er sich zur Tür umdrehen konnte, packte Sir Ruthbert erneut seinen Arm.

„Was ist mit den Gefangenen?"

„Oh, stimmt. Hab ich vergessen." Er kicherte. „Wir können sie nicht mitnehmen. Sie würden den ersten Eindruck ruinieren, den ich bei der Liebe meines Lebens hinterlassen möchte. Also, was könnte ich tun…"

„Sie wollten die Mechanikerin hinrichten."

„Gute Idee. Das sollte meiner Geliebten gefallen. Immerhin wird ihre Magie auch von diesem neumodischen Kram beeinträchtigt worden sein." Er kratzte sich die Nase. „Weißt du was? Ich überlasse dir die Kerle. Stell nur sicher, dass Rosalind mit uns kommt. Die brauche ich noch, wenn sie alt genug ist. Wenigstens für eine Weile." Er befahl zwei Soldaten, ihm zu folgen, und verließ die Hütte.

König Thomas stöhnte.

Sir Ruthbert drehte sich zu den verbliebenen Soldaten um.

„Stellt sicher, dass die Gefangenen die Hütte nicht verlassen können. Dann nehmt Rosalind und folgt dem König. Beschützt ihn mit eurem Leben, wenn nötig."

Die Soldaten fesselten den stöhnenden König und seinen Bruder an den Bettpfosten und ignorierten Tessa. Wahrscheinlich hielten sie sie nicht für gefährlich, und sie wollte nicht so dumm sein, ihren Fehler zu korrigieren. Langsam bewegte sie sich Zentimeter um Zentimeter zur Tür. Wenn die beiden letzten Soldaten gingen, könnte sie vielleicht Sir Ruthbert mit den anderen einschließen und Hilfe holen. Die Idee barg natürlich Risiken; Sir Ruthbert kam ihr sehr unausgeglichen vor, aber er würde sicherlich einen König nicht verletzen.

Die Soldaten schnappten sich Prinzessin Rosalinds Arme und zerrten sie an Tessa vorbei. Einer stieß Tessa zurück und sie landete neben dem König auf dem Boden. *Mist*, dachte sie. *Jetzt kann ich von vorne anfangen.*

„Lasst mich los. Ich will nicht mit." Die Prinzessin kämpfte und protestierte heftig, doch gegen die starken Männer hatte sie keine Chance. Sie war noch eine ganze Weile zu hören, nachdem die drei die Hütte verlassen hatten. Tessa stand auf.

„Stell dich an die Wand", befahl Sir Ruthbert, und sie gehorchte. Wieder arbeitete sie sich langsam auf die Tür zu, sobald er ihr den Rücken zuwandte.

Er trat an den Herd und nahm ein Stück glühende Kohle mit einer Zange heraus, die an einem Nagel an der Wand gehangen hatte. Er warf sie aufs Bett und trat gegen den Wassereimer, der auf die Seite fiel. Das Wasser lief aus und versickerte zwischen den Bodenbrettern.

„Ich bin mir sicher, dass die Magie des Königs nicht beeinträchtigt wird, wenn *ich* mich um die Eliminierung kümmere", sagte er und grinste die Gefangenen an. „Genießt die letzten Minuten eures Lebens bevor die Hütte brennt." Er ging rückwärts an Tessa vorbei zur Tür, wo er ich verbeugte. „Ihr werdet verstehen, dass ich mich jetzt zurückziehen werde."

Tessa umschlang ihre rechte, zur Faust geballte Hand mit der linken, schwang beide Arme hoch und schmetterte die Doppelfaust mit aller Kraft, die sie aufbringen konnte in Sir Ruthberths Nacken. Die Muskeln in ihren Armen beschwerten sich trotz des Trainings, das sie durch die Arbeit in der Schmiede hatte. Sir Ruthbert fiel zu Boden wie ein Stein, und sie war sich nicht sicher, ob er noch lebte. Sie nahm sich aber nicht die Zeit, nachzusehen. Schon wuchsen Flammen aus dem Bett und leckten an den Wänden. König Thomas blinzelte mehrmals. Offensichtlich war er immer noch nicht ganz bei sich. Der Bettpfosten fing Feuer. Seine Haare verschmorten, und er zuckte zusammen. Dann rieb er den Kopf an der Decke, bis die Haare aufhörten zu glimmen.

Tessas Mund war wie ausgetrocknet. Er durfte nicht sterben. Das Königreich würde ohne ihn im Chaos versinken. Aber sie würde ihn niemals rechtzeitig losbinden können. Ihr Blick huschte durch das Zimmer auf der Suche nach einem Messer oder etwas ähnlichem, womit sie die königlichen Geschwister vom Bettpfosten losschneiden konnte, fand aber nichts. Da fiel ihr ihre Erfindung wieder ein. *Vielleicht ist sie schwer genug, dass ich damit den Pfosten zerbrechen kann.* Sie hob sie auf und befahl Prinz Jasper und dem König sich so weit wie möglich aus dem Weg zu halten. Sie schienen Jahre zu brauchen. Schon fraß sich das Feuer in das Reetdach. Stückchen brennender Pflanzenteile schwebten zu ihnen herab.

Sobald die beiden Männer soweit waren, schleuderte Tessa ihre Konstruktion gegen den lodernden Bettrahmen. Er zerbrach sofort, und die beiden Männer krochen außer Reichweite der brennenden Splitter. Ihre Kleidung war zum Teil verkohlt und Brandblasen zeigten sich in den Löchern.

„Raus hier." Hustend packte Prinz Jasper den Arm seines Bruders und zerrte den immer noch etwas verwirrten König zur Tür. Tessa bemerkte, dass Sir Ruthbert noch atmete, also nahm sie sein Bein und zog ihn mit sich. Obwohl sie den Kerl nicht ausstehen konnte, wollte sie ihn nicht den Flammen überlassen. Wegen der eisernen Fesseln konnten sie nur kleine Schritte machen, und das Feuer loderte mit jeder Sekunde höher. Schließlich brachen sie durch die Tür mit einer Flammenwand auf den Fersen. Sie husteten und schnappten nach Luft, als sie ein Stück entfernt zu Boden sanken. Tessa bemerkte, dass sie alle vom Feuer gezeichnet waren. Ihre Haare, Wimpern und Augenbrauen waren versengt, sie zerbröselten zwischen ihren Fingern, und ihre Haut war mit Ruß überzogen. *Im Augenblick bin ich vermutlich die hässlichste Frau der Welt*, dachte sie, konnte aber nicht aufhören zu grinsen. Immerhin hatte sie den König gerettet, und das war schon ein paar Haare wert.

„Ich schulde dir mehr, als ich dir je zurückzahlen kann", sagte König Thomas. „Zuerst erlöst du mich und meine Geschwister, und jetzt rettest du mir noch das Leben. Ich werde ewig in deiner Schuld stehen." König Thomas wischte die letzten Krümel seiner Haare von der mit Brandblasen überzogenen Glatze. „Ich wünschte wir hätten Zeit, um deine Belohnung zu besprechen, aber wir müssen so schnell es geht meinem Onkel folgen."

Anstatt zu antworten, hustete Tessa. Sie zeigte zu dem Pfad, der zu ihrem Dorf führte, und der König drehte sich um. Prinzessin Rosalind kam angerannt, mit einem Soldaten auf den Fersen. Prinz Jasper sprang auf und riss Sir Ruthbert das

Schwert aus der Scheide, gerade als der Soldat den Arm der Prinzessin packte.

„Lass meine Schwester los." Prinz Jaspers Stimme klang leise und drohend. Glücklicherweise waren die Fesseln an seinen Handgelenken nicht mit denen an seinen Fußgelenken verbunden, so dass er das Schwert benutzen konnte. Trotz dieser Einschränkung seiner Beweglichkeit wirkte er gefährlich. Das schien der Soldat auch zu denken, denn er ließ die Prinzessin sofort los und stand stramm.

Rosalind rannte zu ihren Brüdern und winkte mit etwas Kleinem. „Dem Himmel sei Dank; ihr lebt noch. Ich habe den Schlüssel. Hier, lass mich dich befreien. Ihr glaubt ja gar nicht, wie merkwürdig sich Onkel Jorge benimmt. Er tanzt ... Habt ihr ihn je tanzen sehen?"

„Das ist wahrscheinlich die Auswirkung des Tranks, den Tessa in seinen Tee getan hat." König Thomas stand auf und hielt seiner Schwester die Hände hin. „Wir müssen ihn einfangen, bevor die Wirkung des Zaubers nachlässt. Er ist nach wie vor ein gefährlicher Zauberer."

Die Fesseln fielen herab, und bald waren alle befreit. Tessa war so glücklich, die schweren Eisenfesseln endlich los zu sein, dass sie die Prinzessin am liebsten umarmt hätte. Stattdessen bückte sie sich und legte ihre Fesseln dem bewusstlosen Sir Ruthbert an.

„Nun zu dir, Verräter." Prinz Jasper hielt dem Soldaten die Spitze des Schwerts an die Kehle.

„Ich habe nur meinen Befehlen gehorcht, Herr." Der Mann schluckte und man konnte das Weiße in seinen Augen sehen, so weit hatte er sie aufgerissen. Tessa war sich sicher, dass er sich in die Hose machen würde, wenn Prinz Jasper ihn weiter bedrohte.

„Darüber sprechen wir später", sagte König Thomas. „Jetzt wirst du Sir Ruthbert bewachen. Sollte er entkommen, wirst du an seiner Stelle hingerichtet." Er drehte sich um und nahm Tessas Arm. „Wärst du so gut, uns den Weg in dein Dorf zu zeigen?"

Anderthalb Stunden später erreichten sie schnaufend den Waldrand. Das Dorf und das Schloss des Barons dahinter lagen ihnen zu Füßen, aber es war alles andere als friedlich. Menschen rannten durcheinander, und lila Funken schossen in unregelmäßigen Abständen aus dem Tor der Schmiede. Tessa eilte den Hang hinunter, gefolgt von der königlichen Familie.

„Vater! Mutter!" Sie raste auf den Hof der Schmiede und prallte gegen einen Soldaten. Zum Glück war er zu erstaunt, um sie festzuhalten, und so rannte sie ungehindert weiter. Aus den Augenwinkeln sah sie den Soldaten zusammenbrechen, als ihm Prinz Jasper den Knauf seines Schwertes gegen die Schläfe stieß.

Tessa stoppte ein paar Schritte vor dem großen Tor zur Schmiede. Ein violetter Funkenregen schoss aus dem Tor und prallte in eine Barriere aus hölzernen Gegenständen, wie zum Beispiel ihrem Heuwagen, mehreren Fässern und sogar einer ihrer Schuppentüren. König Jorge und zwei weitere Soldaten duckten sich dahinter. Ein silbernes Glitzern, das über dem Sammelsurium lag, zeigte, dass der König den Haufen mit einem magischen Schild beschützte.

„Bitte, meine Liebste, stellen Sie ihr Feuer ein." König Jorge streckte die Hände aus, blieb aber vernünftigerweise hinter der Barriere, wodurch seine Geste leider unnütz wurde, da ihn die Hexe, denn wer sonst würde lila Blitze verschießen, nicht sehen konnte. „Ich bin gekommen, Eure Schönheit zu bewundern, nicht um mich zu duellieren."

„Sagt der Mann, der das halbe Dorf einfrieren will, wenn ich mich nicht zeige." Frau Gringe klang furchtbar aufgebracht.

*Oh, oh*, dachte Tessa. Es war gefährlich, wenn Frau Gringe so wütend war. Sie versuchte, König Thomas und Prinz Jasper aufzuhalten, aber die beiden rannten an ihr vorbei und griffen

König Jorge und seine Soldaten an. Durch den folgenden Kampf wurde so viel Staub aufgewirbelt, dass Tessa kaum mehr erkennen konnte, als verschwommene Schemen. Um ihre Sorge um König Thomas im Griff zu halten, beteuerte sie sich immer wieder, dass er sicher gelernt hatte, auf sich aufzupassen. Prinzessin Rosalind prallte gegen sie.

Das Mädchen klammerte sich an sie.

„Keine Sorge. Die beiden sind richtig gut im Schwertkampf. Viel besser als Onkel Jorge. Und auch besser als die Wachen. Sie werden gewinnen." Trotz der Worte zitterte sie.

Ein Schatten trat aus der Staubwolke. Als er die Arme hob, erkannte Tessa den Thronräuber. Er murmelte vor sich hin, und weißes Feuer sammelte sich über seinem Kopf.

*Oh nein, diesmal nicht*, dachte Tessa, sprang vorwärts und schlug ihre rechte Faust so kräftig gegen seine Schläfe wie sie konnte. König Jorge stolperte zur Seite und schüttelte den Kopf. Tessa schlug ihn noch einmal. Diesmal brach der Zauberer zusammen. Mit Prinzessin Rosalinds Hilfe und einem Seil aus dem Schuppen, fesselte ihn Tessa. Sie stopfte ihm sogar ein Stück Stoff in den Mund, das sie von ihrem Kleid riss, damit er keine Zaubersprüche mehr aussprechen konnte. Dabei wusste sie nicht einmal, ob das überhaupt eine Rolle spielte.

Ein paar Minuten später legte sich der Staub, und der König und sein Bruder standen über den besiegten Soldaten. Wieder schoss ein lila Blitz aus der Schmiede. Er zerschmetterte die Schuppentür.

„Frau Gringe. Ich bin's, Tessa." Tessa stand auf und winkte mit beiden Händen über dem Kopf.

„Ist das wieder so ein Trick?" Die Hexe klang nicht so, als würde sie ihr glauben. „Zeig dich."

Tessa wollte der wütenden Hexe nicht wirklich gegenübertreten, aber sie hatte keine Wahl. Deshalb ging sie an der Barriere vorbei und blieb dann mit erhobenen Händen stehen.

„Was ist mit der Kuh passiert?" Frau Gringe trat einen ersten, zaghaften Schritt vor die Tür der Schmiede.

„Sie hat ihre Aufgabe erledigt. Die Hütte hat jetzt keinen Fluch mehr", sagte Tessa. „Dummerweise ist sie auch völlig abgebrannt, aber das ist eine lange Geschichte, die ich Ihnen lieber in Mutter gemütlicher Küche erzählen würde."

„Das bist wirklich du?"

Tessa nickte.

„Und der Zauberer, der behauptet, mich zu lieben?" Frau Gringe trat einen weiteren Schritt auf sie zu.

„Ist König Thomas Onkel, der frühere Prinzregent."

Frau Gringes Unterkiefer fiel herab. Für einen Augenblick suchte sie nach Worten, dann fing sie sich und schlug sich die Hand vor den Kopf. „Jetzt ist er König, nicht wahr? Oh, ich bin so dumm!"

„Er ist nicht der rechtmäßige König", sagte Tessa und winkte König Thomas, Prinz Jasper, und Prinzessin Rosalind näher.

„Rechtmäßigkeit spielt keine Rolle. Nur ein Kuss eines König, freiwillig und mit echtem Gefühl gegeben." Die Falten in Frau Gringes Gesicht verzogen sich und eine Träne rollte ihr über die Wange. „Es ist vorbei. Ich habe meine einzige Gelegenheit ruiniert."

„Sie haben den Liebestrank nur gemacht, um einen Kuss vom König zu bekommen?" Tessas Augen weiteten sich. „Aber führt so ein Liebestrank die Grundidee des freiwillig gegebenen Kusses nicht ad absurdum?"

Die Hexe zuckte mit den Schultern. „Es war das Einzige, was mir einfiel. Wie sollte ich sonst die Gelegenheit bekommen, von einem König geküsst zu werden. Mit viel Gefühl, wohlgemerkt."

Tessa runzelte die Stirn und fragte sich, warum die Hexe so versessen auf einen Königskuss war, als König Thomas vor trat.

„Ihr seid die Hexe, die Tessa geholfen hat, den Fluch zu brechen, der auf mir und meinen Geschwistern lag?", fragte er.

Die Hexe nickte wortlos.

„In dem Fall schulde ich Euch beinahe ebensoviel wie ihr." Er nahm ihre Hände, zog sie an sich, beugte sich vor und küsste sie auf beide Wangen.

Frau Gringe schnappte nach Luft und trat zurück, die Augen stark geweitet vor Schock. Die Luft um sie herum zitterte und wirbelte, und plötzlich stand eine rundliche Frau, kaum älter als Tessa dort, wo eben noch die alte Hexe gestanden hatte. Sie betastete ihr Gesicht. Ihr Mund öffnete und schloss sich, als wolle sie etwas sagen.

„Sie waren auch verflucht?" Tessa konnte es kaum glauben.

„Meine Mentorin verhexte mich, weil sie dachte, ich würde ihrem Ehemann nachlaufen. Das stimmte natürlich nicht, aber das spielte keine Rolle." Frau Gringe wischte sich die Tränen ab, die ihr über die Wangen liefen. „Ich bin wieder ich. Ich kann's kaum glauben." Sie wandte sich an König Thomas. „Vielen, vielen Dank."

„Ich habe zu danken", sagte er.

Nach einigem Hin und Her erinnerte sie Tessa an den bewusstlosen Zauberer. „Was geschieht jetzt mit ihm?"

„Trotz seiner Untaten kann ich ihn nicht wegen Hochverrats hinrichten lassen", sagte König Thomas. „Er gehört zur königlichen Familie."

„Aus demselben Grund können wir ihn nicht als Schwarzhexer verbrennen", sagte Prinz Jasper.

„Ich könnte ihn in eines der Länder bringen, in denen die Technik bereits weiter fortgeschritten ist und die Grenze zu Eurem Königreich für ihn undurchdringlich machen", schlug Frau Gringe vor. „Oder ich entziehe ihm mit Tessas Hilfe seine Magie, und Ihr könnt ihn für den Rest seines Lebens zwingen, einer ehrlichen Arbeit nachzugehen."

„Mir gefallen beide Ideen." König Thomas wandte sich mit einem Grinsen im Gesicht an Tessa. „Außerdem hätten wir da noch die Kleinigkeit deiner Belohnung. Würdest du mir die Gelegenheit geben, die Möglichkeiten unter vier Augen zu besprechen, auch damit wir uns besser kennenlernen? Wer weiß – vielleicht entscheiden wir uns letztendlich für die gute alte Tradition."

Tessa brauchte einen Moment, um zu verstehen, was er meinte. Was war schon die traditionelle Methode, ein gewöhnliches Mädchen zu belohnen, das den König eines Landes gerettet hatte? Sie wurde rot, nickte aber. Wenn er nur halb so nett war, wie er gut aussah, was das die beste Belohnung, die sie sich wünschen konnte.

## Bonus: Goldlöckchen – die Fortsetzung

mit einer kurzen, kommentierten Zusammenfassung von "Goldlöckchen" für die, die das Märchen nicht kennen:

Es war einmal (weil so alle Märchen beginnen) ein kleines Mädchen*, das sich im Wald verirrte. Wir wissen nicht, warum die Eltern nicht besser auf sie Acht gaben und auch nicht, wie alt das Kind wirklich war. Betrachtet man ihre Handlungsweise würde ich sagen, sie sei ein Kleinkind gewesen, doch ich vermute eher, dass sie ein wenig verwöhnt war. Also stapfte sie durch den Wald und stieß, hungrig und müde, auf eine Lichtung mit einem kleinen Haus. Ohne um Erlaubnis zu fragen, betrat sie es und probierte den Brei der drei Bären. Der erste war zu heiß, der zweite zu kalt, und der dritte genau richtig, also aß sie ihn ganz auf (was nicht sehr höflich war, wenn man mich fragt). Anschließend probierte sie alle drei Stühle, bis sie einen fand, der "genau richtig" war, und zerbrach ihn versehentlich. Schließlich kletterte sie in alle drei Betten der Bären – zu weich, zu hart, genau richtig – und schlief ein. Als die Bären zurückkamen und sowohl das Chaos als auch ein kleines Mädchen in Baby Bärs Bett vorfanden, sprang sie aus dem Fenster und lief davon. Sie hatte sich nicht einmal entschuldigt, und niemand verfolgte sie. Merkwürdigerweise tat sie von dem Moment, als sie die Hütte betrat, alles dreifach – und kein Märchenerzähler hat sich je gefragt, warum.

Goldlöckchen rannte aus dem wilden Wald und übertönte mit ihrem Geschrei von sprechenden Bären den üblichen Dorflärm. Sofort hörten alle auf zu arbeiten, denn niemand verpasste gerne eine gute Geschichte. Als sie alles erzählt hatte, lachte der Pfarrer und sagte, sie hätte eine lebhafte Phantasie. Ihre Mutter weinte und umarmte sie und rügte sie wegen der Lügen. Ihr Onkel Trevor jedoch lachte nicht und weinte nicht. Er streichelte seinen Bart, beugte sich zu Goldlöckchen hinunter und fragte, „Meinst du, du kannst mir zeigen, wo sie leben?"

Natürlich glaubte Goldlöckchen, sie könne zurück finden. Trevor holte ein Gewehr, ein Beil und ein Netz, und sie machten sich Hand in Hand auf den Weg. Goldlöckchens Mutter forderte Trevor auf, auf ihre Tochter achtzugeben und sie sicher zurückzubringen. Der Pfarrer forderte Trevor auf, die Bären zu erschießen, bevor sie zu einer Gefahr wurden. Die Kinder aber winkten nur bis die beiden hinter einem Dickicht am Rand des wilden Waldes verschwanden.

Goldlöckchen führte ihren Onkel nach links, konnte aber den Weg zum Haus der Bären nicht finden. Sie führte ihn nach rechts, aber die Lichtung mit dem kleinen Häuschen tauchte nicht vor ihnen auf. Als sie schon dachte, sie hätte sich total verirrt, entdeckte sie einen Trampelpfad. Trevor untersuchte ihn gründlich.

„Auf diesem Pfad gibt es Pfotenabdrücke von Bären", sagte er zu Goldlöckchen und zeigte sie ihr. „Wir bauen eine Bärenfalle. Komm, hilf mir."

„Was machst du mit den Bären, wenn du sie gefangen hast?", wollte sie wissen. „Ich helfe dir nicht, sie zu töten."

„Warum sollte ich Bären töten, die reden können? Ich verdiene ein Vermögen, wenn ich sie an einen Zirkus verkaufe." Trevor breitete sein Netz auf dem Pfad aus und versteckte die Seile, die zu den Ecken führten. Dann kletterte er auf einen stabilen Baum, legte das Seil über einen dicken Ast hoch über dem Pfad und band es an einem ebenso starken Ast etwas darunter fest. Danach hackte er den unteren Ast soweit durch, dass nur ein sehr schmaler Rest verhinderte, dass er hinunter fiel. Schwitzend kletterte er zurück nach unten, nahm sich einen nicht zu kleinen Stein und trug ihn auf den Baum hinauf zu dem höheren Ast. Schließlich zog er ein weiteres Stück Seil hervor, band es an den Stein und führte es am Stamm versteckt zurück zum Boden. Dort spannte er es so über den Pfad, dass die Bären darüber stolpern mussten. Er deckte es mit Blättern und kleinen Zweigen zu, bis es ganz natürlich wirkte.

„Riechen sie das Seil nicht?" Goldlöckchen hoffte es, denn sie hatte ein schlechtes Gewissen, dass sie ihn eingeweiht hatte. Immerhin hatten die Bären sie nur verscheucht. Sie hatten sie nicht verletzt, obwohl sie ihre Möbel benutzt und zerbrochen und ihr Essen gegessen hatte.

Trevor zuckte mit den Schultern, und sie gingen weiter. Bald erreichten sie eine tiefe, aber enge Schlucht mit einer hölzernen Brücke darüber.

„Die Schlucht ist schmal genug, dass ein Bär darin stecken bleiben könnte. Für alle Fälle baue ich noch eine Falle", sagte

Trevor, nachdem sie die Brücke überquert hatten. Er hackte mit dem Beil auf die Stützen ein. Als er zwei davon bis auf einen dünnen Rest durchgeschlagen hatte, nahm er Goldlöckchens Hand, und sie gingen weiter. Nach einem kurzen Gang erreichten sie die Lichtung mit der kleinen Hütte. Trevor durchsuchte die Lichtung, das Haus und die kleine Scheune, ohne die Bären zu finden. Aber er entdeckte einen Metallkäfig, der groß genug für Goldlöckchen und ihre Eltern war.

„Siehst du, ich wusste, dass sie gefährlich sind. Wahrscheinlich sperren sie hier Leute ein, um sie zu mästen, bevor sie sie fressen", sagte er. Goldlöckchen fand, dass der Käfig zu rostig aussah. Er wirkte nicht, als sei er in letzter Zeit benutzt worden.

Da sich die Tür des Häuschens nach außen öffnete, baute Trevor den Käfig als letzte Falle gleich dahinter im Haus auf. Dann gingen er und Goldlöckchen zur ersten Falle zurück. Trevor musste seiner Nichte über die Schlucht helfen, da die Brücke nicht mehr sicher war. Als sie den Baum mit dem Netz erreichten, richteten sie sich auf eine lange Wartezeit ein.

Gerade als Goldlöckchens Augen schwer wurden hörten sie, wie sich die Stimmen der Bären näherten. Das kleine Mädchen rückte dichter an ihren Onkel, und er legte seine Hand auf ihre Schulter.

„Die drei Bären vom Wald sind wir, drei Bären, drei", sangen sie, während sie näher kamen. Plötzlich fand Goldlöckchen die Bären gar nicht mehr gefährlich. Sie wirkten wie Menschen, wenn man sie nicht ansah. Bevor sie sie vor dem Netz warnen konnte, stolperte Babybär über das Seil am Boden. Der Stein schoss herab und zerschmetterte den unteren Ast. Der brach ab und krachte zu Boden. Gleichzeitig zog sich das Netz zusammen und schoss in Richtung Himmel. Es trug Papabär mit sich. Er brüllte vor Angst.

„Eilt zum Haus und holt ein Messer und eine Leiter", riet er seiner Frau und seinem Sohn. „Ich muss von hier herunter kommen, um den zu finden, der das getan hat."

Mamabär und Babybär nickten und rannten davon. Sie sangen nicht mehr. Als sie außer Sicht waren, verließ Trevor sein Versteck, um auf den Baum zu klettern. Aber das ging nicht mehr. Auf dem Weg nach unten hatte der Ast alles abgerissen, was ihm Halt hätte geben können. Hoch oben im Baum war seine Beute außer Reichweite. Er fluchte und folgte den anderen Bären.

Goldlöckchen winkte Papabär zu.

„Das tut mir leid", rief sie. „Ich bin so schnell es geht mit einer Leiter zurück."

„Das wäre auch besser", knurrte er.

Goldlöckchen rannte ihrem Onkel nach. Als sie der Schlucht näher kamen, hörten sie das Splittern von Holz und einen Schrei.

„Ha! Das hat prima geklappt", sagte Trevor und beeilte sich.

„Wenn du die Leiter holst, bring bitte die Salbe aus der Küche mit." Mamabärs Stimme rumpelte so laut durch den Wald, dass sie jeder hören konnte, nicht nur Babybär. Als Trevor und Goldlöckchen an der Schlucht ankamen, war der kleinste Bär schon fort. Sie sahen nur die Staubwolke, die er hinterließ. Trevor beugte sich über den Rand der Schlucht, um zu sehen, wo seine Beute steckte. Er schnaufte frustriert. Mamabär war bis fast ganz unten durchgerutscht bevor sie stecken geblieben war. Jetzt war Trevors Beute außer Reichweite, tief unten in der Erde. Fluchend nahm er seine Nichte auf den Arm, sprang über die Schlucht und eilte dem letzten Bären nach, so schnell er konnte.

Als sie am Häuschen ankamen, lag eine Leiter im Gras davor und die Tür stand weit offen. Mit einem Freudenschrei stürzte Trevor vorwärts, um sich seinen letzten Fang anzusehen. Babybär saß im Käfig und Tränen rollten in den Pelz auf seinen Wangen. Dieser Bär war zu nicht hoch für Trevor und steckte auch nicht zu weit unten. Er war gerade richtig. Trevor tanzte vor Freude.

„Ich werde Millionär!" Er packte Goldlöckchens Hände und schwang sie herum. Das Mädchen presste die Lippen zusammen und dachte gründlich nach. Schließlich war dieses Durcheinander ihre Schuld. Hätte sie sich nicht verlaufen, wäre sie nicht in ein Häuschen eingebrochen, das ihr nicht gehörte. Hätte sie ihrem Onkel nicht gesagt, wo die Bären lebten, würden alle vergnügt ihrer Wege gehen, ohne jemanden zu belästigen. Ihr schien es wichtig, alle zu befreien, aber ohne dass ihr Onkel dabei verletzt wurde. Dafür brauchte sie Babybärs Hilfe.

„Mensch, bin ich, hungrig", rief Trevor und ging ins Haus, um etwas zum Essen zu suchen.

„Versprich mir, dass du und deine Eltern meinem Onkel nichts tun, dann helfe ich euch", sagte Goldlöckchen zu Babybär.

„Bist du das Mädchen, das in unser Haus eingebrochen ist?"

„Ja, und das tut mir sehr Leid. Gibst du mir dein Ehrenwort?"

„Ich verspreche es bei den Kochkünsten meiner Mutter, bei der Stärke meines Vaters und bei meiner Ehre." Babybär quetschte eine Pfote zwischen den Gitterstäben hindurch. Goldlöckchen spucke in die Hand, nahm die Tatze und schüttelte sie. Dann horchte sie wie ihr Onkel das Haus durchwühlte, bevor sie am Pflock zog, der die Käfigtür verschloss. Sie zog einmal, aber er bewegte sich nicht. Sie huschte an ihrem Onkel vorbei in den Küchenbereich des Hauses und holte etwas Butter, mit der sie den Pflock schmierte. Dann zog sie erneut. Der Pflock bewegte sich so wenig, dass sie es kaum spürte. Babybär half ihr, und gemeinsam zogen sie ein drittes Mal. Der Pflock sprang heraus, und die Tür ging auf.

„Heh, was machst du da?" Trevor trat mit einem Käsebrot in der Hand auf den Käfig zu. Babybär packte seinen Arm, zerrte ihn vorwärts und schubste ihn in den Käfig. Bevor er den Käfig aus dem Haus herauszog, steckte er den Pflock an seinen Platz und schloss Trevor ein.

„Warte hier bis ich zurück bin, oder mein Vater wird euch jagen. Er weiß noch nichts von unserem Schwur", sagte er, nahm die Leiter und marschierte los. Nur zu bald kehrte er mit seinen Eltern zurück. Als sie Trevor und Goldlöckchen sahen, heulte Papabär so laut, dass die Vögel aus den Bäumen flüchteten. Mamabär jammerte so leise, dass Goldlöckchen sie kaum hörte. Aber Babybär sagte in einer Lautstärke, die gerade richtig war: „Danke für die Hilfe."

Die drei Bären reichten sich die Tatzen und stellten sich in einem Halbkreis um Haus und Schuppen auf. Papabär sang ein Lied in einer Sprache, die Goldlöckchen unbekannt war, und eine Blase aus Licht brach aus dem Boden hervor. Sie wuchs und wuchs, bis sie mit einem Plopp zerplatzte.

„Die war zu groß, Papa", sagte Babybär.

Mamabär sang dasselbe Lied. Ihre Blase war so klein, dass sie platzte, bevor sie die kleinste Blume umschließen konnte.

Babybär seufzte.

„Die war zu klein, Mama." Er begann zu singen, und Goldlöckchen meinte, er hätte die schönste Stimme der drei. Seine Lichtblase schwoll an, bis sie genau das Häuschen, die Scheune und die drei Bären umfasste. Babybär winkte, und die Blase platzte. Alles, was darinnen war, verschwand.

„Schade, dass wir nun doch nicht reich werden", sagte Trevor. „Aber es ist, wie es ist, nicht? Übrigens, ich habe immer noch Hunger. Würde es dir was ausmachen, die Tür zu öffnen?"

Wortlos zog Goldlöckchen den Pflock aus der Käfigtür. Sie schwang auf, und ihr Onkel kroch heraus. Hand in Hand gingen sie nach Hause und fanden auf Anhieb den richtigen Weg. Sie merkten nicht einmal, dass die seltsame Dreiheit der Ereignisse mit den Bären verschwunden war. Aber was ihnen klar wurde, und was sie beide bedauerten, wenn auch aus unterschiedlichen Gründen, war, dass es in ihrer Welt nun keine sprechenden Bären mehr gab.

## Das Original: Die Hütte im Wald

*Gebrüder Grimm*

Ein armer Holzhauer lebte mit seiner Frau und drei Töchtern in einer kleinen Hütte an dem Rande eines einsamen Waldes. Eines Morgens, als er wieder an seine Arbeit wollte, sagte er zu seiner Frau: „Lass mir ein Mittagsbrot von dem ältesten Mädchen hinaus in den Wald bringen, ich werde sonst nicht fertig. Und damit es sich nicht verirrt", setzte er hinzu, „so will ich einen Beutel mit Hirse mitnehmen und die Körner auf den Weg streuen."

Als nun die Sonne mitten über dem Walde stand, machte sich das Mädchen mit einem Topf voll Suppe auf den Weg. Aber die Feld- und Waldsperlinge, die Lerchen und Finken, Amseln und Zeisige hatten die Hirse schon längst aufgepickt, und das Mädchen konnte die Spur nicht finden. Da ging es auf gut Glück immer fort, bis die Sonne sank und die Nacht einbrach.

Die Bäume rauschten in der Dunkelheit, die Eulen schnarrten, und es fing an, ihm angst zu werden. Da erblickte es in der Ferne ein Licht, das zwischen den Bäumen blinkte. Dort sollten wohl Leute wohnen, dachte es, die mich über Nacht behalten, und ging auf das Licht zu.

Nicht lange, so kam es an ein Haus, dessen Fenster erleuchtet waren. Es klopfte an, und eine raue Stimme rief von innen: „Herein!"

Das Mädchen trat auf die dunkle Diele und pochte an die Stubentür.

„Nur herein", rief die Stimme, und als es öffnete, saß da ein alter, eisgrauer Mann an dem Tisch, hatte das Gesicht auf die beiden Hände gestützt, und sein weißer Bart floss über den Tisch herab fast bis auf die Erde. Am Ofen aber lagen drei Tiere, ein Hühnchen, ein Hähnchen und eine buntgescheckte Kuh. Das Mädchen erzählte dem Alten sein Schicksal und bat um ein Nachtlager.

Der Mann sprach: „Schön Hühnchen, Schön Hähnchen. Und du, schöne, bunte Kuh, was sagst du dazu?"

„Duks!", antworteten die Tiere, und das musste wohl heißen, „wir sind es zufrieden", denn der Alte sprach weiter: „Hier ist Hülle und Fülle, geh hinaus an den Herd und koch uns ein Abendessen."

Das Mädchen fand in der Küche Überfluss an allem und kochte eine gute Speise, aber an die Tiere dachte es nicht. Es trug die volle Schüssel auf den Tisch, setzte sich zu dem grauen Mann, aß und stillte seinen Hunger.

Als es satt war, sprach es: „Aber jetzt bin ich müde, wo ist ein Bett, in das ich mich legen und schlafen kann?"

Die Tiere antworteten: „Du hast mit ihm gegessen, du hast mit ihm getrunken, du hast an uns gar nicht gedacht. Nun sieh auch, wo du bleibst die Nacht."

Da sprach der Alte: „Steig nur die Treppe hinauf, so wirst du eine Kammer mit zwei Betten finden, schüttle sie auf und decke sie mit weißem Linnen, so will ich auch kommen und mich schlafen legen."

Das Mädchen stieg hinauf, und als es die Betten geschüttelt und frisch gedeckt hatte, da legte es sich in das eine, ohne weiter auf den Alten zu warten.

Nach einiger Zeit aber kam der graue Mann, beleuchtete das Mädchen mit dem Licht und schüttelte den Kopf. Und als er sah, dass es fest eingeschlafen war, öffnete er eine Falltüre und ließ es in den Keller sinken.

Der Holzhauer kam am späten Abend nach Haus und machte seiner Frau Vorwürfe, dass sie ihn den ganzen Tag habe hungern lassen.

„Ich habe keine Schuld", antwortete sie. „Das Mädchen ist mit dem Mittagessen hinausgegangen, es muss sich verirrt haben; morgen wird es schon wiederkommen."

Vor Tag aber stand der Holzhauer auf, wollte in den Wald und verlangte, die zweite Tochter solle ihm diesmal das Essen bringen.

„Ich will einen Beutel mit Linsen mitnehmen", sagte er. „Die Körner sind größer als Hirse. Das Mädchen wird sie besser sehen und kann den Weg nicht verfehlen."

Zur Mittagszeit trug auch das Mädchen die Speise hinaus, aber die Linsen waren verschwunden. Die Waldvögel hatten sie, wie am vorigen Tag, aufgepickt und keine übriggelassen. Das Mädchen irrte im Walde umher, bis es Nacht ward, da kam es ebenfalls zu dem Haus des Alten, ward hereingerufen und bat um Speise und Nachtlager.

Der Mann mit dem weißen Barte fragte wieder die Tiere: „Schön Hühnchen, schön Hähnchen. Und du, schöne, bunte Kuh, was sagst du dazu?"

Die Tiere antworteten abermals: „Duks!", und es geschah alles wie am vorigen Tag.

Das Mädchen kochte eine gute Speise, aß und trank mit dem Alten und kümmerte sich nicht um die Tiere. Und als es sich nach seinem Nachtlager erkundigte, antworteten sie: „Du hast, mit ihm gegessen, du hast mit ihm getrunken, du hast an uns gar nicht gedacht. Nun sieh auch, wo du bleibst die Nacht."

Als es eingeschlafen war, kam der Alte, betrachtete es mit Kopfschütteln und ließ es in den Keller hinab.

Am dritten Morgen sprach der Holzhacker zu seiner Frau: „Schick unser jüngstes Kind mit dem Essen hinaus, das ist immer gut und gehorsam gewesen. Das wird auf dem rechten Weg bleiben und nicht wie seine Schwestern, die wilden Hummeln, herumschwärmen."

Die Mutter wollte nicht und sprach: „Soll ich mein liebstes Kind auch noch verlieren?"

„Sei ohne Sorge", antwortete er. „Das Mädchen verirrt sich nicht. Es ist zu klug und verständig. Zum Überfluss will ich Erbsen mitnehmen und ausstreuen. Die sind noch größer als Linsen und werden ihm den Weg zeigen."

Aber als das Mädchen mit dem Korb am Arm hinauskam, so hatten die Waldtauben die Erbsen schon im Kropf, und es wusste nicht, wohin es sich wenden sollte. Es war voll Sorgen und dachte beständig daran, wie der arme Vater hungern und die gute Mutter jammern würde, wenn es ausblieb.

Endlich, als es finster ward, erblickte es das Lichtchen und kam an das Waldhaus. Es bat ganz freundlich, sie möchten es über Nacht beherbergen.

Der Mann mit dem weißen Bart fragte wieder seine Tiere: „Schön Hühnchen, Schön Hähnchen. Und du, schöne, bunte Kuh, was sagst du dazu?"

„Duks!", sagten sie.

Da trat das Mädchen an den Ofen, wo die Tiere lagen, und liebkoste Hühnchen und Hähnchen, indem es mit der Hand über die glatten Federn hinstrich, und die bunte Kuh kraulte es zwischen den Hörnern.

Und als es auf Geheiß des Alten eine gute Suppe bereitet hatte und die Schüssel auf dem Tisch stand, so sprach es: „Soll ich mich sättigen, und die guten Tiere sollen nichts haben? Draußen ist die Hülle und Fülle, erst will ich für sie sorgen."

Da ging es, holte Gerste und streute sie dem Hühnchen und Hähnchen vor und brachte der Kuh wohlriechendes Heu, einen ganzen Arm voll.

„Lasst's euch schmecken, ihr lieben Tiere", sagte es. „Und wenn ihr durstig seid, sollt ihr auch einen frischen Trunk haben."

Dann trug es einen Eimer voll Wasser herein, und Hühnchen und Hähnchen sprangen auf den Rand, steckten den Schnabel hinein und hielten den Kopf dann in die Höhe, wie die Vögel trinken, und die bunte Kuh tat auch einen herzhaften Zug. Als die Tiere gefüttert waren, setzte sich das Mädchen zu dem Alten an den Tisch und aß, was er ihm übriggelassen hatte.

Nicht lange, so fing das Hühnchen und Hähnchen an, das Köpfchen zwischen die Flügel zu stecken, und die bunte Kuh blinzelte mit den Augen.

Da sprach das Mädchen: „Sollten wir uns nicht zur Ruhe begeben?"

„Schön Hühnchen, Schön Hähnchen. Und du, schöne, bunte Kuh, was sagst du dazu?"

Die Tiere antworteten: „Duks! Du hast mit uns gegessen, du hast mit uns getrunken, du hast uns alle wohlbedacht. Wir wünschen dir eine gute Nacht."

Da ging das Mädchen die Treppe hinauf, schüttelte die Federkissen und deckte frisches Linnen auf, und als es fertig war, kam der Alte und legte sich in das eine Bett, und sein weißer Bart reichte ihm bis an die Füße. Das Mädchen legte sich in das andere, tat sein Gebet und schlief ein.

Es schlief ruhig bis Mitternacht, da ward es so unruhig in dem Hause, dass das Mädchen erwachte. Da fing es an, in den Ecken zu knittern und zu knattern, und die Türe sprang auf und schlug an die Wand; die Balken dröhnten, als wenn sie aus ihren Fugen gerissen würden, und es war, als wenn die Treppe herabstürzte, und endlich krachte es, als wenn das ganze Dach zusammenfiele. Da es aber wieder still ward und dem Mädchen nichts zuleid geschah, so blieb es ruhig liegen und schlief wieder ein.

Als es aber am Morgen bei hellem Sonnenschein aufwachte, was erblickten seine Augen? Es lag in einem großen Saal, und ringsumher glänzte alles in königlicher Pracht. An den Wänden wuchsen auf grünseidenem Grund goldene Blumen in die Höhe, das Bett war von Elfenbein und die Decke darauf von rotem Samt, und auf einem Stuhl daneben stand ein Paar mit Perlen gestickte Pantoffeln.

Das Mädchen glaubte, es wäre ein Traum, aber es traten drei reich gekleidete Diener herein und fragten, was es zu befehlen hätte.

„Geht nur", antwortete das Mädchen. „Ich will gleich aufstehen und dem Alten eine Suppe kochen und dann auch schön Hühnchen, schön Hähnchen und die schöne bunte Kuh füttern." Es dachte, der Alte wäre schon aufgestanden, und sah sich nach seinem Bette um, aber er lag nicht darin, sondern ein fremder Mann.

Und als es ihn betrachtete und sah, dass er jung und schön war, erwachte er, richtete sich auf und sprach: „Ich bin ein Königssohn und war von einer bösen Hexe verwünscht worden, als ein alter, eisgrauer Mann in dem Wald zu leben, niemand durfte um mich sein als meine drei Diener in der Gestalt eines Hühnchens, eines Hähnchens und einer bunten Kuh. Und nicht eher sollte die Verwünschung aufhören, als bis ein Mädchen zu uns käme, so gut von Herzen, dass es nicht nur gegen die Menschen allein, sondern auch gegen die Tiere sich liebreich bezeigte, und das bist du gewesen, und heute um Mitternacht sind wir durch dich erlöst und das alte Waldhaus ist wieder in meinen königlichen Palast verwandelt worden." Und als sie aufgestanden waren, sagte der Königssohn den drei Dienern, sie sollten hinausfahren und Vater und Mutter des Mädchens zur Hochzeit herbeiholen.

„Aber wo sind meine zwei Schwestern?", fragte das Mädchen.

„Die habe ich in den Keller gesperrt, und morgen sollen sie in den Wald geführt werden und sollen bei dem Köhler so lange als Mägde dienen, bis sie sich gebessert haben und auch die armen Tiere nicht hungern lassen."

# DER ZWERG UND DIE ZWILLINGE
## SCHNEEWEISSCHEN UND ROSENROT
### Schätze Neu Erzählt 1

Es war einmal in einer Welt, in der Magie und Technik mit unerwarteten Konsequenzen aufeinander treffen …

Als Martin einer schwangeren Frau hilft, vor den Häschern des Königs zu fliehen, ahnt er nicht, dass die Zwillinge, die sie in sich trägt, sein einsames Leben für immer verändern werden.

Was wäre, wenn wenn die Brüder Grimm den Zwerg in „Schneeweißchen und Rosenrot" missverstanden hätten?

ISBN 978-3-95681-028-2
auch als eBook erhältlich

Lass dich über Neuerscheinungen informieren und hole dir den ersten Band als kostenloses eBook:

**http://de.katharinagerlach.com/leserinnen**

## HANNES UND MAGGIE
### HÄNSEL UND GRETEL
Schätze Neu Erzählt 5

Es war einmal in einer Welt, in der Magie und Technik mit unerwarteten Konsequenzen aufeinander treffen …

Als Maggie mit ihrem Vater in die Stadt kommt, um Holzkohle zu verkaufen, verliebt sich Schmiedegeselle Hannes sofort in sie. Doch in der Stadt verschwinden hübsche Mädchen über Nacht, und er hat keine Ahnung, wo Maggie untergekommen ist. Kann er sie trotz Ausgangssperre finden, bevor es die Kidnapper tun?

Was wäre, wenn die Brüder Grimm nicht bemerkt hätten, dass „Hänsel und Gretel" keine Geschwister sind?

ISBN 978-3-95681-055-8
auch als eBook erhältlich